Osez (re)lire Chateaubriand

DANS LA MÊME COLLECTION

Osez (re)lire Baudelaire, 35 extraits pour changer la boue en or, Librio n° 1317

Osez (re)lire Flaubert, 25 extraits pour disséquer la bêtise humaine, Librio n° 1332

Osez (re)lire Hugo, 25 extraits pour se sentir immensité, Librio n° 1319

Osez (re)lire La Fontaine, 35 poèmes pour instruire les hommes, Librio n° 1330

Osez (re)lire Molière, 25 extraits pour se tordre de rire, Librio n° 1320

Osez (re)lire Proust, 25 extraits pour rattraper le temps perdu, Librio n° 1321

Osez (re)lire Rimbaud, 30 extraits pour se faire voyant, Librio n° 1331

Osez (re)lire Stendhal, 25 extraits pour aller à la chasse au bonheur, Librio n° 1334

Osez (re)lire Zola, 30 extraits pour faire éclater la vérité, Librio n° 1318

Osez (re)lire Chateaubriand

25 extraits pour voyager vers l'éternité

Textes choisis et présentés par
Juliette Peillon

Librio

Introduction

Exhumer l'enchanteur

Personnalité publique de la France et de l'Europe de la première moitié du XIXe siècle, reconnu pour ses écrits puis pour son rôle politique sous la Restauration (1814-1830), François-René, vicomte de Chateaubriand (1768-1848), demeure aujourd'hui une figure importante de la mémoire collective. Grand modèle littéraire depuis deux siècles et source d'inspiration maintes fois revendiquée pour sa vision de l'histoire et du temps, il représente une figure incontournable de la culture européenne.

Pourtant, il est souvent mal connu. La raison en est peut-être les plus de 3 000 pages que compte son grand œuvre publié de manière posthume, les *Mémoires d'outre-tombe* (1848-1850), ou encore le privilège plutôt accordé dans les programmes de lycée à la poésie romantique et au roman réaliste pour aborder le XIXe siècle littéraire. Parce qu'il est pris entre deux siècles, jugé trop compliqué ou pensé d'un autre temps, Chateaubriand reste pour beaucoup une figure importante dont on ne sait pas dire grand-chose.

Bien qu'extrêmement foisonnante et plurielle au premier abord – preuve en est les lectures extrêmement opposées qui en sont faites –, l'œuvre de Chateaubriand se distingue par une unité profonde tenant à la récurrence de certains thèmes et motifs ainsi qu'à la cohérence de la démarche qu'elle abrite. Cette tension entre un désordre apparent et un ordre inhérent résume à elle seule la personnalité et l'art de l'écrivain. Plus qu'une idée du monde ou une façon d'écrire, c'est une expérience de vie et d'écriture qui se dit là, les deux n'étant pas séparables tant l'auteur a vécu les événements comme la matière de livres à venir et conçu l'écriture de façon autobiographique.

Politique : défense de la monarchie représentative et apologie du christianisme

Témoin et acteur d'une période de valse des régimes – Révolution française, Consulat, 1er Empire, Restauration et monarchie de Juillet –, l'écrivain a pris la plume pour souligner les errements de son temps et construire une vision de l'avenir. Aujourd'hui, ses textes offrent un témoignage de l'esprit, des tensions et des enjeux d'un moment fondateur de la politique française et européenne.

Grand pamphlétaire et satiriste, Chateaubriand a publié nombre d'essais, articles, portraits et réflexions politiques dans lesquels il s'attaque aussi bien à la Révolution qu'à Bonaparte et aux nouvelles monarchies. Tantôt conservatrice tantôt en avance sur son temps, sa pensée politique ne se range pas facilement dans une case. Fidèle à ses origines nobles, le grand ami de la branche aînée des Bourbons croit profondément à la monarchie traditionnelle ancrée dans un ordre féodal ancien, « produit lentement par nos mœurs, notre caractère, notre sol, notre climat, éprouvé par les siècles ». D'ailleurs, après avoir fui aux États-Unis en 1791 les progrès révolutionnaires et le déclin de l'autorité royale, rejoint en 1792 l'armée levée par les frères de Louis XVI et vécu, malade, la vie d'émigré en Angleterre, il publie en 1797 son premier ouvrage, l'*Essai sur les révolutions*, qui brosse un portrait de l'humanité à travers ses malheurs et s'attaque à l'oligarchie amorale ayant dominé la Révolution. De retour en France en 1800, il débute une carrière diplomatique sous le Consulat et l'Empire mais démissionne en 1803 et publie un pamphlet à charge contre Napoléon. Il occupe ses fonctions politiques les plus importantes lors du retour des Bourbons. Louis XVIII et Charles X le nomment ambassadeur, chef du gouvernement provisoire, pair de France et ministre d'État. Néanmoins, conscient des responsabilités de l'absolutisme dans l'effondrement de l'Ancien Régime, il admet l'irréversibilité du changement que connaît son époque et défend coûte que coûte l'idée d'une synthèse entre royauté et représentativité parlementaire. Déçu par la faiblesse des monarchies constitutionnelles en place, il est souvent congédié et rallie l'opposition. Son admiration pour certaines valeurs républicaines découvertes en Amérique dérange, notamment en ce qui concerne la liberté de la presse. Pourtant, quand est proclamée la monarchie de Juillet (1830-1848) libérale et parlementaire de Louis-Philippe, issu de la branche cadette des Bourbons, Chateaubriand se retire de la vie politique pour se consacrer à la rédaction de ses *Mémoires*. La richesse de ce texte tient au dialogue politique qu'un homme âgé y entretient avec ses différents moi antérieurs. Il montre les évolutions qu'a pu connaître au tournant des XVIIIe et XIXe siècles une pensée cherchant l'équilibre entre la maîtrise du désordre né de la Révolution et le refus du despotisme.

Juste avant le nouveau siècle, Chateaubriand prépare un essai démontrant l'apport de la religion chrétienne en matière de morale et de poésie. Il explique a posteriori avoir vécu une conversion spirituelle, mais l'on peut penser que ses motivations ont d'autres origines. L'antagonisme entre les religions le préoccupe profondément. Dans ses deux premiers romans, qui lui assurent un triomphe lors de son retour d'exil, *Atala* (1801) et *René* (1802), de jeunes amoureux affrontent les différences entre culture païenne, chrétienté et culture européenne. La seconde apparaît comme remède aux fougues de la passion et fondement pour une législation des hommes. Certes, le *Génie du christianisme* paraît en 1802 au moment où les églises viennent de rouvrir en France à la suite du Concordat et vaut ensuite à son auteur d'être choisi comme conseiller politique en matière de religion. Mais au-delà d'un opportunisme, Chateaubriand manifeste dans tous ses écrits une intension apologétique destinée à la foi et au culte chrétiens. Ces derniers ont emporté l'adhésion de l'auteur lorsque, exilé et coupé de tout, il rechercha des valeurs authentiques pour faire face à un monde profondément dégradé. Ce n'est pas tant la preuve de Dieu ou l'institution de l'Église qui le fascine que les lumières de l'Évangile. Ces dernières constituent selon lui un fondement artistique salvateur à l'existence. L'auteur y voit également la possibilité d'un avenir pouvant rallier un ordre ancien à un ordre nouveau, son christianisme peu orthodoxe se concevant plutôt comme une refonte du paganisme. Chateaubriand inaugure un ensemble d'esthétiques du XIXe siècle qui renouent avec un merveilleux contre le triomphe du matérialisme et de la société marchande. Pour lui, il s'agit surtout de pallier les souffrances de l'âme qu'il perçoit comme symptomatiques de son époque. Prise entre deux ordres disjoints, accablée par la déchéance morale et la perte de sens, la société de son temps doit, selon lui, puiser dans le christianisme une douceur des mœurs et une exaltation. Presque tous ses textes servent cet idéal, de l'épopée des *Martyrs* (1809), donnant en exemple le cheminement spirituel d'un chrétien antique confronté à une druidesse gauloise et à l'empereur Dioclétien, à la *Vie de Rancé* (1844), biographie hagiographique du précurseur de l'ordre des « trappistes[1] », en passant par le récit de pèlerinage qu'est l'*Itinéraire de Paris à Jérusalem* (1811).

Histoire : voyages dans l'espace et voyages dans le temps

Passionné par la découverte de cultures éloignées dans l'espace ou dans le temps, Chateaubriand a nourri toute sa vie le désir d'être historien. Finalement, il ne s'attèle jamais vraiment à une étude objective et scientifique mais l'ensemble de son œuvre s'intéresse au fait humain dans ses variations et ses continuités.

Le contexte historique, son goût pour les voyages ainsi que ses fonctions diplomatiques ont mené Chateaubriand à visiter de nombreux pays. Deux voyages en particulier jouent un rôle central : celui qu'il fait aux États-Unis en 1791 et celui en Méditerranée orientale en 1806-1807. Outre-Atlantique, les paysages et aspects civilisationnels lui inspirent *Atala*, *René* et *Les Natchez* (1827). Il est question dans ces trois récits d'une tribu indienne de Louisiane s'étant révoltée contre les Français en 1727, de prêtres évangélisateurs et de colons. Chateaubriand a été marqué par le contraste qu'il y a en Amérique entre les peuples vivant proches de la nature et les avancées de la civilisation européenne. Il admire la condition sauvage des indigènes tout en louant les bienfaits de l'évangélisation sur les mœurs. Ce qu'il entrevoit également, c'est le désastre que représente le passage de « l'homme naturel » à « l'homme

1. Fondé en 1892, l'ordre cistercien de la Stricte Observance, dont les membres sont appelés « trappistes », est un ordre monastique catholique contemplatif vivant selon la règle de saint Benoît.

moderne » sans le recours au christianisme. Concernant le voyage en Orient, celui-ci forme la matrice des textes qui deviendront à l'époque romantique des modèles de l'orientalisme. Ce tour en Méditerranée est l'occasion pour Chateaubriand de faire un état des lieux historique du passage des civilisations, lui qui a expliqué « qu'il voyageait pour voir les peuples, et surtout les Grecs qui étaient morts ». C'est plein du souvenir de l'Antiquité qu'il avance dans son périple, même s'il offre aussi un reportage actualisé. Les régions visitées prennent sous sa plume une valeur symbolique et illustrent selon lui l'évolution glorieuse dans l'histoire de l'humanité qui a conduit de l'homme naturel à l'homme moral, et du paganisme au christianisme.

Tout en étant présente dans l'ensemble de l'œuvre de Chateaubriand, la démarche historienne se place au premier plan de l'art de l'écrivain dans le vaste projet que sont les *Mémoires d'outre-tombe*, rédigées entre 1830 et 1848. La « Préface testamentaire » de 1832 explique que le livre a pour but de représenter « les principes, les idées, les événements, les catastrophes, l'épopée d[u] temps », et l'auteur justifie la dimension autobiographique du livre en précisant : « J'ai fait de l'histoire, et je la pouvais écrire. » Autrement dit, si Chateaubriand raconte sa vie, ce n'est pas par simple intérêt pour sa personne mais parce qu'il constate que son parcours individuel dit quelque chose d'une histoire collective. Envisageant ses écrits et souvenirs comme des archives, il souhaite laisser une trace et donner sens aux décennies de la fin du XVIIIe siècle et du début du XIXe siècle en France et en Europe. Loin de l'objectivité de l'historien, toutefois, l'écrivain ne cesse de transformer les faits, comme en attestent les multiples variantes des *Mémoires*. Pourtant, si l'œuvre publiée en feuilleton dans la presse trois mois après la mort de l'auteur a connu maintes rééditions et s'est érigée au rang de chef-d'œuvre de la littérature française, c'est parce qu'on a perçu sa dimension visionnaire. Chateaubriand se révèle un témoin précieux de la fin de l'Ancien Régime au nom d'une vérité anthropologique. Par sa double position de noble déchu et d'acteur des innovations politiques de son temps, le vicomte devenu « François » s'est fait spectateur privilégié de la rupture et des continuités entre époque moderne et époque contemporaine.

Littérature : vivre l'existence comme un mythe

Confronté aux ruptures et aux pertes, l'auteur qui a voulu être publié de façon posthume pour « parler du fond de [s]on cercueil » n'a eu de cesse de conjurer la mort en prenant soin de tisser des liens de sens dans son vécu. Qu'il s'agisse des « inconstances de [s]on sort », de ses atermoiements entre accès « de folâtreries » et bouffées d'une « secrète misère » ou encore des contradictions de son entourage, Chateaubriand s'est attaché, en vivant comme en écrivant, à en faire les composantes d'un mythe cohérent et lumineux.

Tour à tour Énée ou Noé, Moïse ou Christophe Colomb[1], l'écrivain brosse de lui-même un portrait puissamment symbolique. Plus qu'une personnalité, ce qu'il cherche à saisir c'est un héros épique représentant, par ses bonheurs et ses malheurs, les aventures d'un peuple tout entier. Dépassant la valeur strictement personnelle des faits, il construit à travers ses réminiscences une allégorie. La composition des *Mémoires* se ressent de ce projet. À la fois extrêmement variée, embrassant des quantités de personnages et de scènes, s'épanouissant dans des formats divers (récit, lettre, pamphlet, poésie en prose, etc.), des tons et registres de langues multiples (de l'archaïsme au néologisme en passant par le latinisme et l'argot), l'œuvre s'unifie autour du souci qu'a le moi écrivant de rassembler la vie éparpillée du moi existant. Face à chaque événement relaté, le lecteur peut contempler ce que l'écrivain nomme des « harmonies d'immensité ». Le projet qui préside à cet ultime livre se retrouve dans l'ensemble de l'œuvre. En témoigne le soin qu'a eu Chateaubriand dès 1826 de publier ses *Œuvres complètes* auxquelles il donne une structure signifiante fortement inspirée de son parcours individuel.

Virtuose du portrait autant que du récit de soi, Chateaubriand accorde, dans nombre de ses publications, une place importante aux personnes qu'il a côtoyées. Il en est ainsi du duc et de la duchesse de Berry, auxquels il consacre deux mémoires, de

1. Ces figures mythiques ont en commun d'être des voyageurs dans un monde en bouleversement. À propos du récit de soi sous forme de mythe, voir Jean-Christophe Cavallin, *Chateaubriand mythographe : autobiographie et injonction du mythe dans les* Mémoires d'outre-tombe, Paris, PUF, 1998.

Napoléon, figure centrale du troisième livre des *Mémoires*, ou encore de Talleyrand, Lafayette, Thiers[1] et de certaines femmes de lettres dont il était intime, comme Pauline de Beaumont et Juliette Récamier. De même qu'adolescent il s'est forgé une amante imaginaire à partir de mille femmes rencontrées, ainsi qu'il le raconte dans les *Mémoires*, l'écrivain part, pour écrire ses portraits, de la réalité de certains êtres pour en tirer des figures imaginaires puissamment romanesques ou poétiques. Il en va ainsi également pour les lieux auxquels Chateaubriand, fils de noblesse terrienne, breton vouant un culte à la mer, ancien exilé arraché à sa patrie, accorde une importance primordiale. Saint-Malo, le domaine paternel de Combourg ou la maison de la Vallée-aux-Loups représentent des points de repère et matérialisent une dynamique de disparition au sein d'une destinée personnelle et collective qu'ils symbolisent. À travers cette pratique métaphorique des portraits et des paysages, l'écrivain a inauguré la sensibilité et l'esthétique romantiques qui ont fleuri en France de 1830 à 1850.

1. Le duc et la duchesse de Berry sont le dernier couple avec descendance de la branche aînée des Bourbons, fils et belle-fille de Charles X. Talleyrand, Lafayette et Thiers sont trois hommes politiques français de la fin du XVIIIe siècle et surtout de la première moitié du XIXe siècle. Chateaubriand les mentionne principalement pour leur implication dans la monarchie de Juillet.

25 extraits pour voyager vers l'éternité

1.

L'idylle dans la savane entre Chactas et Atala

Chactas, vieil Amérindien de la tribu des Natchez, raconte au Français René comment, à 20 ans, il a été sauvé par Atala, la fille d'un chef de tribu ennemie dont il était prisonnier. La prose poétique souligne ici l'harmonie et l'exotisme d'un ancien monde – celui d'une nature presque originelle – qui est pourtant le Nouveau Monde. Donner un éclat neuf aux paradis perdus, c'est ce que le continuateur de Rousseau s'attache à faire à travers ce récit d'une idylle en pleine savane.

Quand l'aurore se leva sur les Appalaches, nous étions déjà loin. Quelle fut ma félicité, lorsque je me trouvai encore une fois dans la solitude avec Atala, avec Atala ma libératrice, avec Atala qui se donnait à moi pour toujours ! Les paroles manquèrent à ma langue, je tombai à genoux, et je dis à la fille de Simaghan : « Les hommes sont bien peu de chose ; mais quand les Génies les visitent, alors ils ne sont rien du tout. Vous êtes un génie, vous m'avez visité, et je ne puis parler devant vous. » Atala me tendit la main avec un sourire : « Il faut bien, dit-elle, que je vous suive, puisque vous ne voulez pas fuir sans moi. Cette nuit, j'ai séduit le jongleur par des présents, j'ai enivré vos bourreaux avec de l'essence de feu, et j'ai dû hasarder ma vie pour vous, puisque vous aviez donné la vôtre pour moi. Oui, jeune idolâtre, ajouta-t-elle avec un accent qui m'effraya, le sacrifice sera réciproque. »

Atala me remit les armes qu'elle avait eu soin d'apporter ; ensuite elle pansa ma blessure. En l'essuyant avec une feuille de papaya, elle la mouillait de ses larmes. « C'est un baume, lui dis-je, que tu répands sur ma plaie. » « Je crains plutôt que ce ne soit un poison », répondit-elle. Elle déchira un des voiles de son sein, dont elle fit une première compresse, qu'elle attacha avec une boucle de ses cheveux.

L'ivresse qui dure longtemps chez les Sauvages, et qui est pour eux une espèce de maladie, les empêcha sans doute de nous poursuivre durant les premières journées. S'ils nous cherchèrent ensuite, il est probable que ce fut du côté du couchant, persuadés que nous aurions essayé de nous rendre au Meschacebé ; mais nous avions pris notre route vers l'étoile immobile, en nous dirigeant sur la mousse du tronc des arbres.

Nous ne tardâmes pas à nous apercevoir que nous avions peu gagné à ma délivrance. Le désert déroulait maintenant devant nous ses solitudes démesurées. Sans expérience de la vie des forêts, détournés de notre vrai chemin, et marchant à l'aventure, qu'allions-nous devenir ? Souvent en regardant Atala, je me rappelais cette antique histoire d'Agar, que Lopez m'avait fait lire, et qui est arrivée dans le désert de Bersabée, il y a bien longtemps, alors que les hommes vivaient trois âges de chêne.

Atala me fit un manteau avec la seconde écorce du frêne, car j'étais presque nu. Elle me broda des mocassines de peau de rat musqué, avec du poil de porc-épic. Je prenais soin à mon tour de sa parure. Tantôt je lui mettais sur la tête une couronne de ces mauves bleues, que nous trouvions sur notre route, dans des cimetières indiens abandonnés ; tantôt je lui faisais des colliers avec des graines rouges d'azaléa ; et puis je me prenais à sourire, en contemplant sa merveilleuse beauté.

Quand nous rencontrions un fleuve, nous le passions sur un radeau ou à la nage. Atala appuyait une de ses mains sur mon épaule ; et, comme deux cygnes voyageurs, nous traversions ces ondes solitaires.

Souvent dans les grandes chaleurs du jour, nous cherchions un abri sous les mousses des cèdres. Presque tous les arbres de la Floride, en particulier le cèdre et le chêne vert, sont couverts d'une mousse blanche qui descend de leurs rameaux jusqu'à terre. Quand la nuit, au clair de la lune, vous apercevez sur la nudité d'une savane, une yeuse isolée revêtue de cette draperie, vous croiriez voir un fantôme, traînant après lui ses longs voiles. La scène n'est pas moins pittoresque au grand jour ; car une foule de papillons, de mouches brillantes, de colibris, de perruches vertes, de geais d'azur, vient s'accrocher à ces mousses, qui produisent alors l'effet d'une tapisserie en laine blanche, où l'ouvrier européen aurait brodé des insectes et des oiseaux éclatants.

C'était dans ces riantes hôtelleries, préparées par le grand Esprit, que nous nous reposions à l'ombre. Lorsque les vents descendaient du ciel pour balancer ce grand cèdre, que le château aérien bâti sur ses branches allait flottant avec les oiseaux et les voyageurs endormis sous ses abris, que mille soupirs sortaient des corridors et des voûtes du mobile édifice, jamais les merveilles de l'ancien monde n'ont approché de ce monument du désert.

Chaque soir nous allumions un grand feu, et nous bâtissions la hutte du voyage, avec une écorce élevée sur quatre piquets. Si j'avais tué une dinde sauvage, un ramier, un faisan des bois, nous le suspendions devant le chêne embrasé, au bout d'une gaule plantée en terre, et nous abandonnions au vent le soin de tourner la proie du chasseur. Nous mangions des mousses appelées tripes de roches, des écorces sucrées de bouleau, et des pommes de mai, qui ont le goût de la pêche et de la framboise. Le noyer noir, l'érable, le sumach, fournissaient le vin à notre table. Quelquefois j'allais chercher, parmi les roseaux, une plante dont la fleur allongée en cornet contenait un verre de la plus pure rosée. Nous bénissions la Providence qui, sur la faible tige d'une fleur, avait placé cette source limpide au milieu des marais corrompus, comme elle a mis l'espérance au fond des cœurs ulcérés par le chagrin, comme elle a fait jaillir la vertu du sein des misères de la vie.

Atala, 1801

2.

La mort d'Atala

Atala, élevée dans la chrétienté, s'est empoisonnée car son amour pour Chactas l'oblige à briser le vœu de virginité que sa mère a fait en son nom devant Dieu. Invitant son amant à dépasser sa peine amoureuse et sa crainte de la mort grâce à la religion, elle se fait porte-parole de l'auteur, persuadé que la foi sauvera son époque. L'élan amoureux des dialogues mêlé à l'éblouissement mystique de la description du rituel ont vocation à saisir le lecteur.

Ici la voix d'Atala s'éteignit ; les ombres de la mort se répandirent autour de ses yeux et de sa bouche ; ses doigts errants cherchaient à toucher quelque chose ; elle conversait tout bas avec des esprits invisibles. Bientôt, faisant un effort, elle essaya, mais en vain, de détacher de son cou le petit crucifix ; elle me pria de le dénouer moi-même, et elle me dit :

« Quand je te parlai pour la première fois, tu vis cette croix briller à la lueur du feu sur mon sein ; c'est le seul bien que possède Atala. Lopez, ton père et le mien, l'envoya à ma mère, peu de jours après ma naissance. Reçois donc de moi cet héritage, ô mon frère, conserve-le en mémoire de mes malheurs. Tu auras recours à ce Dieu des infortunés dans les chagrins de ta vie. Chactas, j'ai une dernière prière à te faire. Ami, notre union aurait été courte sur la terre, mais il est après cette vie une plus longue vie. Qu'il serait affreux d'être séparée de toi pour jamais ! Je ne fais que te devancer aujourd'hui, et je te vais attendre dans l'empire céleste. Si tu m'as aimée, fais-toi instruire dans la religion chrétienne, qui préparera notre réunion. Elle fait sous tes yeux un grand miracle, cette religion, puisqu'elle me rend capable de te quitter, sans mourir dans les angoisses du désespoir. Cependant, Chactas, je ne veux de toi qu'une simple promesse, je sais trop ce qu'il en coûte pour te demander un serment. Peut-être ce vœu te séparerait-il de quelque femme plus heureuse que moi... Ô ma mère, pardonne à ta fille. Ô Vierge, retenez votre courroux. Je retombe dans mes faiblesses, et je te dérobe, ô mon Dieu, des pensées qui ne devraient être que pour toi ! »

Navré de douleur, je promis à Atala d'embrasser un jour la religion chrétienne. À ce spectacle, le Solitaire se levant d'un air inspiré, et étendant les bras vers la voûte de la grotte : « Il est temps, s'écria-t-il, il est temps d'appeler Dieu ici ! »

À peine a-t-il prononcé ces mots, qu'une force surnaturelle me contraint de tomber à genoux, et m'incline la tête au pied du lit d'Atala. Le prêtre ouvre un lieu secret où était renfermée une urne d'or, couverte d'un voile de soie ; il se prosterne et adore profondément. La grotte parut soudain illuminée ; on entendit dans les airs les paroles des anges et les frémissements des harpes célestes ; et lorsque le Solitaire tira le vase sacré de son tabernacle, je crus voir Dieu lui-même sortir du flanc de la montagne.

Le prêtre ouvrit le calice ; il prit entre ses deux doigts une hostie blanche comme la neige, et s'approcha d'Atala, en prononçant des mots mystérieux. Cette sainte avait les yeux levés au ciel, en extase. Toutes ses douleurs parurent suspendues, toute sa vie se rassembla sur sa bouche ; ses lèvres s'entr'ouvrirent et vinrent avec respect chercher le Dieu caché sous le pain mystique. Ensuite le divin vieillard trempe un peu de coton dans une huile consacrée ; il en frotte les tempes d'Atala, il regarde un moment la fille mourante, et tout à coup ces fortes paroles lui échappent : « Partez, âme chrétienne : allez rejoindre votre Créateur ! » Relevant alors ma tête abattue, je m'écriai, en regardant le vase où était l'huile sainte : « Mon père, ce remède rendra-t-il la vie à Atala ? » « Oui, mon fils, dit le vieillard en tombant dans mes bras, la vie éternelle ! » Atala venait d'expirer.

Atala, 1801,
chapitre « Le drame »

3.

Les incertitudes de René

Bref roman d'inspiration autobiographique, René abrite le récit de vie qu'un homme venu s'exiler parmi les Amérindiens fait au chef de tribu Chactas et à un prêtre missionnaire. À travers l'aveu des maux du héros, c'est le trouble global d'une époque qui se dit. Incertitude du sens des choses et carence d'absolu, discontinué et incapacité à se fixer caractérisent cette souffrance. La génération romantique verra dans l'épanchement lyrique de René ce qui a donné voix au mal du siècle.

Je me trouvai bientôt plus isolé dans ma patrie, que je ne l'avais été sur une terre étrangère. Je voulus me jeter pendant quelque temps dans un monde qui ne me disait rien et qui ne m'entendait pas. Mon âme, qu'aucune passion n'avait encore usée, cherchait un objet qui pût l'attacher ; mais je m'aperçus que je donnais plus que je ne recevais. Ce n'était ni un langage élevé, ni un sentiment profond qu'on demandait de moi. Je n'étais occupé qu'à rapetisser ma vie, pour la mettre au niveau de la société. Traité partout d'esprit romanesque, honteux du rôle que je jouais, dégoûté de plus en plus des choses et des hommes, je pris le parti de me retirer dans un faubourg pour y vivre totalement ignoré.

Je trouvai d'abord assez de plaisir dans cette vie obscure et indépendante. Inconnu, je me mêlais à la foule : vaste désert d'hommes !

Souvent assis dans une église peu fréquentée, je passais des heures entières en méditation. Je voyais de pauvres femmes venir se prosterner devant le Très-Haut, ou des pécheurs s'agenouiller au tribunal de la pénitence. Nul ne sortait de ces lieux sans un visage plus serein, et les sourdes clameurs qu'on entendait au dehors semblaient être les flots des passions et les orages du monde qui venaient expirer au pied du temple du Seigneur. Grand Dieu, qui vit en secret couler mes larmes dans ces retraites sacrées, tu sais combien de fois je me jetai à tes pieds, pour te supplier de me décharger du poids de l'existence, ou de changer en moi le vieil homme ! Ah ! qui n'a senti quelquefois le besoin de se régénérer, de se rajeunir aux eaux du torrent, de retremper son âme à la fontaine de vie ? Qui ne se trouve quelquefois accablé du fardeau de sa propre corruption et incapable de rien faire de grand, de noble, de juste ?

Quand le soir était venu, reprenant le chemin de ma retraite, je m'arrêtais sur les ponts, pour voir se coucher le soleil. L'astre, enflammant les vapeurs de la cité, semblait osciller lentement dans un fluide d'or, comme le pendule de l'horloge des siècles. Je me retirais ensuite avec la nuit, à travers un labyrinthe de rues solitaires. En regardant les lumières qui brillaient dans les demeures des hommes, je me transportais par la pensée au milieu des scènes de douleur et de joie qu'elles éclairaient ; et je songeais que sous tant de toits habités, je n'avais pas un ami. Au milieu de mes réflexions, l'heure venait frapper à coups mesurés dans la tour de la cathédrale gothique ; elle allait se répétant sur tous les tons et à toutes les distances d'église en église. Hélas ! chaque heure dans la société ouvre un tombeau, et fait couler des larmes.

Cette vie, qui m'avait d'abord enchanté, ne tarda pas à me devenir insupportable. Je me fatiguai de la répétition des mêmes scènes et des mêmes idées. Je me mis à sonder mon cœur, à me demander ce que je désirais. Je ne le savais pas ; mais je crus tout à coup que les bois me seraient délicieux. Me voilà soudain résolu d'achever, dans un exil champêtre, une carrière à peine commencée, et dans laquelle j'avais déjà dévoré des siècles.

J'embrassai ce projet avec l'ardeur que je mets à tous mes desseins ; je partis précipitamment pour m'ensevelir dans une chaumière, comme j'étais parti autrefois pour faire le tour du monde.

On m'accuse d'avoir des goûts inconstants, de ne pouvoir jouir longtemps de la même chimère, d'être la proie d'une imagination qui se hâte d'arriver au fond de mes plaisirs, comme si elle était accablée de leur durée ; on m'accuse de passer toujours le but que je puis atteindre : hélas ! je cherche seulement un bien inconnu dont l'instinct me poursuit. Est-ce ma faute, si je trouve partout des bornes, si ce qui est fini n'a pour moi aucune valeur ? Cependant je sens que j'aime la monotonie des sentiments de la vie, et si j'avais encore la folie de croire au bonheur, je le chercherais dans l'habitude.

La solitude absolue, le spectacle de la nature, me plongèrent bientôt dans un état presque impossible à décrire. Sans parents, sans amis, pour ainsi dire seul sur la terre, n'ayant point encore aimé, j'étais accablé d'une surabondance de vie. Quelquefois je rougissais subitement, et je sentais couler dans mon cœur comme des ruisseaux d'une lave ardente ; quelquefois je poussais des cris involontaires, et la nuit était également troublée de mes songes et de mes veilles. Il me manquait quelque chose pour remplir l'abîme de mon existence : je descendais dans la vallée, je m'élevais sur la montagne, appelant de toute la force de mes désirs l'idéal objet d'une flamme future ; je l'embrassais dans les vents ; je croyais l'entendre dans les gémissements du fleuve ; tout était ce fantôme imaginaire, et les astres dans les cieux, et le principe même de vie dans l'univers.

René, 1802

4.

La séparation de René et Amélie

Le récit de René s'achève sur une note particulièrement sombre. La sœur du héros, seule source de douceur pour lui, s'est enfermée dans un couvent par crainte de l'inceste. Ne trouvant pas la paix dans l'institution religieuse comme Amélie, René décide de tout quitter pour l'Amérique. L'épilogue révèle que cette chimère, pas plus que le récit de vie qu'il vient de faire, ne lui apporte aucun réconfort. On comprend que seul un ailleurs du monde, invisible, s'offre aux esprits mélancoliques.

Une lettre que je reçus d'elle avant mon départ sembla me confirmer dans ces idées. Amélie se plaignait tendrement de ma douleur, et m'assurait que le temps diminuait la sienne. « Je ne désespère pas de mon bonheur, me disait-elle. L'excès même du sacrifice, à présent que le sacrifice est consommé, sert à me rendre quelque paix. La simplicité de mes compagnes, la pureté de leurs vœux, la régularité de leur vie, tout répand du baume sur mes jours. Quand j'entends gronder les orages, et que l'oiseau de mer vient battre des ailes à ma fenêtre, moi, pauvre colombe du ciel, je songe au bonheur que j'ai eu de trouver un abri contre la tempête. C'est ici la sainte montagne, le sommet élevé d'où l'on entend les derniers bruits de la terre et les premiers concerts du ciel ; c'est ici que la religion trompe doucement une âme sensible : aux plus violentes amours elle substitue une sorte de chasteté brûlante où l'amante et la vierge sont unies ; elle épure les soupirs, elle change en une flamme incorruptible une flamme périssable, elle mêle divinement son calme et son innocence à ce reste de trouble et de volupté d'un cœur qui cherche à se reposer, et d'une vie qui se retire. »

Je ne sais ce que le ciel me réserve, et s'il a voulu m'avertir que les orages accompagneraient partout mes pas. L'ordre était donné pour le départ de la flotte ; déjà plusieurs vaisseaux avaient appareillé au baisser du soleil ; je m'étais arrangé pour passer la dernière nuit à terre, afin d'écrire ma lettre d'adieux à Amélie. Vers minuit, tandis que je m'occupe de ce soin, et que je mouille mon papier de mes larmes, le bruit des vents vient frapper mon oreille. J'écoute ; et au milieu de la tempête, je distingue les coups de canon d'alarme, mêlés au glas de la cloche monastique. Je vole sur le rivage où tout était désert, et où l'on n'entendait que le rugissement des flots. Je m'assieds sur un rocher. D'un côté s'étendent les vagues étincelantes, de l'autre les murs sombres du monastère se perdent confusément dans les cieux. Une petite lumière paraissait à la fenêtre grillée. Était-ce toi, ô mon Amélie, qui, prosternée au pied du crucifix, priait le Dieu des orages d'épargner ton malheureux frère ? La tempête sur les flots, le calme dans ta retraite ; des hommes brisés sur des écueils, au pied de l'asile que rien ne peut troubler ; l'infini de l'autre côté du mur d'une cellule ; les fanaux agités des vaisseaux, le phare immobile du couvent ; l'incertitude des destinées du navigateur, la vestale connaissant dans un seul jour tous les jours futurs de sa vie ; d'une autre part, une âme telle que la tienne, ô Amélie, orageuse comme l'océan ; un naufrage plus affreux que celui du marinier : tout ce tableau est encore profondément gravé dans ma mémoire. Soleil de ce ciel nouveau maintenant témoin de mes larmes, écho du rivage américain qui répétez les accents de René, ce fut le lendemain de cette nuit terrible, qu'appuyé sur le gaillard de mon vaisseau, je vis s'éloigner pour jamais ma terre natale ! Je contemplai longtemps sur la côte les derniers balancements des arbres de la patrie, et les faîtes du monastère qui s'abaissaient à l'horizon.

Comme René achevait de raconter son histoire, il tira un papier de son sein, et le donna au P. Souël ; puis, se jetant dans les bras de Chactas, et étouffant ses sanglots, il laissa le temps au missionnaire de parcourir la lettre qu'il venait de lui remettre.

Elle était de la supérieure de… Elle contenait le récit des derniers moments de la sœur Amélie de la Miséricorde, morte victime de son zèle et de sa charité, en soignant ses compagnes attaquées d'une maladie contagieuse. Toute la communauté était inconsolable et l'on y regardait Amélie comme une sainte. La Supérieure ajoutait que, depuis trente ans qu'elle était à la tête de la maison, elle n'avait jamais vu de religieuse d'une humeur aussi douce et aussi égale, ni qui fût plus contente d'avoir quitté les tribulations du monde.

Chactas pressait René dans ses bras ; le vieillard pleurait. « Mon enfant, dit-il à son fils, je voudrais que le P. Aubry fût ici, il tirait du fond de son cœur je ne sais quelle paix qui, en les calmant, ne semblait cependant point étrangère aux tempêtes ; c'était la lune dans une nuit orageuse ; les nuages errants ne peuvent l'emporter dans leur course ; pure et inaltérable, elle s'avance tranquille au-dessus d'eux. Hélas, pour moi, tout me trouble et m'entraîne ! »

René, 1802

5.

Nuits en mer et dans les déserts du Nouveau Monde

La première partie de l'essai sur le christianisme examine les dogmes de l'existence de Dieu et de l'immortalité de l'âme. L'auteur s'aperçoit de la vérité de ces derniers en contemplant l'écart qui sépare la ruine désordonnée de l'homme et l'harmonie présente dans la nature. S'inspirant de ses voyages, il retrace deux expériences d'épiphanie mystique vécues face à un paysage. La mer et la forêt, motifs centraux de la sensibilité du prosateur-poète, initient le motif récurrent romantique de l'homme saisi par un paysage sublime.

Je ne suis rien ; je ne suis qu'un simple solitaire ; j'ai souvent entendu les savants disputer sur le premier Être, et je ne les ai point compris : mais j'ai toujours remarqué que c'est à la vue des grandes scènes de la nature, que cet Être inconnu se manifeste au cœur de l'homme. Un soir (il faisait un profond calme), nous nous trouvions dans ces belles mers qui baignent les rivages de la Virginie : toutes les voiles étaient pliées : j'étais occupé sous le pont, lorsque j'entendis la cloche qui appelait l'équipage à la prière ; je me hâtai d'aller mêler mes vœux à ceux de mes compagnons de voyage. Les officiers étaient sur le château de poupe avec les passagers ; l'aumônier, un livre à la main, se tenait un peu en avant d'eux, les matelots, étaient répandus pêle-mêle sur le tillac : nous étions tous debout, le visage tourné vers la proue du vaisseau, qui regardait l'occident.

Le globe du soleil, prêt à se plonger dans les flots, apparaissait entre les cordages du navire, au milieu des espaces sans bornes. On eût dit, par les balancements de la poupe, que l'astre radieux changeait à chaque instant d'horizon. Quelques nuages étaient jetés sans ordre dans l'orient, où la lune montait avec lenteur ; le reste du ciel était pur : vers le nord, formant un glorieux triangle avec l'astre du jour et celui de la nuit, une trombe, brillante des couleurs du prisme, s'élevait de la mer comme un pilier de cristal, supportant la voûte du ciel.

Il eût été bien à plaindre celui qui, dans ce spectacle, n'eût point reconnu la beauté de Dieu. Des larmes coulèrent malgré moi de mes paupières, lorsque mes compagnons, ôtant leurs chapeaux goudronnés, vinrent à entonner d'une voix rauque leur simple cantique à Notre-Dame-de-Bon-Secours, patronne des mariniers. Qu'elle était touchante la prière de ces hommes qui, sur une planche fragile, au milieu de l'Océan, contemplaient le soleil couchant sur les flots ! Comme elle allait à l'âme, cette invocation du pauvre matelot à la Mère de Douleur ! La conscience de notre petitesse à la vue de l'infini, nos chants s'étendant au loin sur les vagues, la nuit s'approchant avec ses embûches, la merveille de notre vaisseau au milieu de tant de merveilles, un équipage religieux saisi d'admiration et de crainte, un prêtre auguste en prières, Dieu penché sur l'abîme, d'une main retenant le soleil aux portes de l'occident, de l'autre élevant la lune dans l'orient, et prêtant à travers l'immensité, une oreille attentive à la voix de sa créature : voilà ce qu'on ne saurait peindre, et ce que tout le cœur de l'homme suffit à peine pour sentir.

Passons à la scène terrestre.

Un soir je m'étais égaré dans une forêt, à quelque distance de la cataracte de Niagara ; bientôt je vis le jour s'éteindre autour de moi, et je goûtai, dans toute sa solitude, le beau spectacle d'une nuit dans les déserts du Nouveau-Monde.

Une heure après le coucher du soleil, la lune se montra au-dessus des arbres, à l'horizon opposé. Une brise embaumée, que cette reine des nuits amenait de l'orient avec elle, semblait la précéder dans les forêts comme sa fraîche haleine. L'astre solitaire monta peu à peu dans le ciel : tantôt il suivait paisiblement sa course azurée ; tantôt il reposait sur des groupes de nues qui ressemblaient à la cime de hautes montagnes couronnées de neige. Ces nues, ployant et déployant leurs voiles, se déroulaient en zones diaphanes de satin blanc, se dispersaient en légers flocons d'écume, ou formaient dans les cieux des bancs d'une ouate éblouissante, si doux à l'œil, qu'on croyait ressentir leur mollesse et leur élasticité.

La scène sur la terre n'était pas moins ravissante : le jour bleuâtre et velouté de la lune descendait dans les intervalles des arbres, et poussait des gerbes de lumière jusque dans l'épaisseur des plus profondes ténèbres. La rivière qui coulait à mes pieds, tour à tour se perdait dans le bois, tour à tour reparaissait brillante des constellations de la nuit, qu'elle répétait dans son sein. Dans une savane, de l'autre côté de la rivière, la clarté de la lune dormait sans mouvement sur les gazons : des bouleaux agités par les brises, et dispersés çà et là, formaient des îles d'ombres flottantes sur cette mer immobile de lumière. Auprès, tout aurait été silence et repos, sans la chute de quelques feuilles, le passage d'un vent subit, le gémissement de la hulotte ; au loin par intervalles, on entendait les sourds mugissements de la cataracte de Niagara, qui, dans le calme de la nuit, se prolongeaient de désert en désert, et expiraient à travers les forêts solitaires.

La grandeur, l'étonnante mélancolie de ce tableau ne sauraient s'exprimer dans les langues humaines ; les plus belles nuits en Europe ne peuvent en donner une idée. En vain, dans nos champs cultivés, l'imagination cherche à s'étendre ; elle rencontre de toutes parts les habitations des hommes : mais dans ces régions sauvages, l'âme se plaît à s'enfoncer dans un océan de forêts, à planer sur le gouffre des cataractes, à méditer au bord des lacs et des fleuves, et, pour ainsi dire, à se trouver seule devant Dieu.

Génie du christianisme, 1802,
première partie, livre V,
chapitre 12 « Deux perspectives de la nature »

6.

Des cloches

Chateaubriand loue ici les bienfaits de la sonnerie des cloches d'église, motif récurrent dans son œuvre. Le carillon incarne, selon lui, la puissance esthétique du christianisme. On retrouve l'idée chère à l'auteur d'une religion salvatrice pour la société car elle restaure enthousiasme et unité. On perçoit dans la solennité et l'emphase de l'écriture l'hommage que Chateaubriand rend à la vigueur pompeuse du culte chrétien.

Nous allons maintenant nous occuper du culte chrétien. Ce sujet est pour le moins aussi riche que celui des trois premières parties, avec lesquelles il forme un tout complet.

Or, puisque nous nous préparons à entrer dans le temple, parlons premièrement de la cloche qui nous y appelle.

C'était d'abord, ce nous semble, une chose assez merveilleuse d'avoir trouvé le moyen, par un seul coup de marteau, de faire naître, à la même minute, un même sentiment dans mille cœurs divers, et d'avoir forcé les vents et les nuages à se charger des pensées des hommes. Ensuite, considérée comme harmonie, la cloche a indubitablement une beauté de la première sorte : celle que les artistes appellent *le grand*. Le bruit de la foudre est sublime, et ce n'est que par sa grandeur ; il en est ainsi des vents, des mers, des volcans, des cataractes, de la voix de tout un peuple.

Avec quel plaisir Pythagore, qui prêtait l'oreille au marteau du forgeron n'eût-il point écouté le bruit de nos cloches, la veille d'une solennité de l'Église ! L'âme peut être attendrie par les accords d'une lyre, mais elle ne sera pas saisie d'enthousiasme, comme lorsque la foudre des combats la réveille, ou qu'une pesante sonnerie proclame dans la région des nuées les triomphes du Dieu des batailles.

Et pourtant ce n'était pas là le caractère le plus remarquable du son des cloches ; ce son avait une foule de relations secrètes avec nous. Combien de fois, dans le calme des nuits, les tintements d'une agonie, semblables aux lentes pulsations d'un cœur expirant, n'ont-ils point surpris l'oreille d'une épouse adultère ! Combien de fois ne sont-ils point parvenus jusqu'à l'athée, qui, dans sa veille impie, osait peut-être écrire qu'il n'y a point de Dieu ! La plume échappe de sa main ; il écoute avec effroi le glas de la mort, qui semble lui dire : *Est-ce qu'il n'y a point de Dieu ?* Oh ! que de pareils bruits n'effrayèrent-ils le sommeil de nos tyrans ! Étrange religion, qui, au seul coup d'un airain magique, peut changer en tourments les plaisirs, ébranler l'athée, et faire tomber le poignard des mains de l'assassin !

Des sentiments plus doux s'attachaient aussi au bruit des cloches. Lorsque, avec le chant de l'alouette, vers le temps de la coupe des blés, on entendait, au lever de l'aurore, les petites sonneries de nos hameaux, on eût dit que l'ange des moissons, pour réveiller les laboureurs, soupirait, sur quelque instrument des Hébreux, l'histoire de Séphora ou de Noémi. Il nous semble que, si nous étions poète, nous ne dédaignerions point cette cloche *agitée par les fantômes*, dans la vieille chapelle de la forêt, ni celle qu'une religieuse frayeur balançait dans nos campagnes, pour écarter le tonnerre, ni celle qu'on sonnait la nuit, dans certains ports de mer, pour diriger le pilote à travers les écueils. Les carillons des cloches, au milieu de nos fêtes, semblaient augmenter l'allégresse publique ; dans des calamités, au contraire, ces mêmes bruits devenaient terribles. Les cheveux se dressent encore sur la tête, au souvenir de ces jours de meurtre et de feu, retentissant des clameurs du tocsin. Qui de nous a perdu la mémoire de ces hurlements, de ces cris aigus entrecoupés de silences, durant lesquels on distinguait de rares coups de fusil, quelque voix lamentable et solitaire, et surtout le bourdonnement de la cloche d'alarme, ou le son de l'horloge qui frappait tranquillement l'heure écoulée ?

Mais, dans une société bien ordonnée, le bruit du tocsin, rappelant une idée de secours, frappait l'âme de pitié et de terreur, et faisait couler ainsi les deux sources des sensations tragiques.

Tels sont à peu près les sentiments que faisaient naître les sonneries de nos temples ; sentiments d'autant plus beaux, qu'il s'y mêlait un souvenir du ciel. Si les cloches eussent été attachées à tout autre monument qu'à des églises, elles auraient perdu leur sympathie morale avec nos cœurs. C'était Dieu même qui commandait à l'ange des victoires de lancer les *volées* qui publiaient nos triomphes, ou à l'ange de la mort de sonner le départ de l'âme qui venait de remonter à lui. Ainsi, par mille voix secrètes, une société chrétienne correspondait avec la divinité, et ses institutions allaient se perdre mystérieusement à la source de tout mystère.

Laissons donc les cloches rassembler les fidèles ; car la voix de l'homme n'est pas assez pure pour convoquer au pied des autels le repentir, l'innocence et le malheur. Chez les Sauvages de l'Amérique, lorsque des suppliants se présentent à la porte d'une cabane, c'est l'enfant du lieu qui introduit ces infortunés au foyer de son père : si les cloches nous étaient interdites, il faudrait choisir un enfant pour nous appeler à la maison du Seigneur.

Génie du christianisme, 1802,
quatrième partie, livre I,
chapitre 1

7.

La rencontre d'Eudore et Cymodocée

Nourri d'images de Grèce et raffermi dans sa foi par son pèlerinage en Terre sainte, Chateaubriand écrit à son retour d'Orient une épopée chrétienne à visée apologétique. Eudore, jeune chrétien grec, rencontre la païenne Cymodocée qui va se convertir en entendant son histoire. Ici, le moment où les jeunes gens se voient pour la première fois symbolise l'éclairage du paganisme par le christianisme et la revivification d'une société postrévolutionnaire au contact de la religion.

Elle avance, et d'aimables souvenirs, en remplaçant ses craintes, viennent occuper sa mémoire : elle se rappelle les antiques traditions de l'île fameuse où elle reçut la lumière, le Labyrinthe dont la danse des jeunes Crétoises imitoit encore les détours, l'ingénieux Dédale, l'imprudent Icare, Idoménée et son fils, et surtout les deux sœurs infortunées, Phèdre et Ariane[1]. Tout à coup, elle s'aperçoit qu'elle a perdu le sentier de la montagne, et qu'elle n'est plus suivie de sa nourrice : elle pousse un cri qui se perd dans les airs ; elle implore les dieux des forêts les Napées, les Dryades ; ils ne répondent point à sa voix, et elle croit que ces divinités absentes sont rassemblées

1. Dédale, Icare, Idoménée, Phèdre et Ariane sont des figures mythologiques de la Crète antique.

dans les vallons du Ménale, où les Arcadiens leur offrent des sacrifices solennels. Cymodocée entendit de loin le bruit des eaux : aussitôt elle court se mettre sous la protection de la Naïade jusqu'au retour de l'aurore.

Une source d'eau vive, environnée de hauts peupliers, tomboit à grands flots d'une roche élevée ; au-dessus de cette roche, on voyoit un autel dédié aux Nymphes, où les voyageurs offroient des vœux et des sacrifices. Cymodocée alloit embrasser l'autel, et supplier la divinité de ce lieu de calmer les inquiétudes de son père, lorsqu'elle aperçut un jeune homme qui dormoit appuyé contre un rocher. Sa tête, inclinée sur sa poitrine et penchée sur son épaule gauche, étoit un peu soutenue par le bois d'une lance ; sa main, jetée négligemment sur cette lance, tenoit à peine la laisse d'un chien qui sembloit prêter l'oreille à quelque bruit ; la lumière de l'astre de la nuit, passant entre les branches de deux cyprès, éclairoit le visage du chasseur : tel, un successeur d'Apelles a représenté le sommeil d'Endymion. La fille de Démodocus crut en effet que ce jeune homme étoit l'amant de la reine des forêts[1] : une plainte du Zéphyr lui parut être un soupir de la déesse, et elle prit un rayon fugitif de la lune dans le bocage pour le bord de la tunique blanche de Diane qui se retiroit. Épouvantée, craignant d'avoir troublé les mystères, Cymodocée tombe à genoux, et s'écrie : « Redoutable sœur d'Apollon, épargnez une vierge imprudente ; ne la percez pas de vos flèches ! Mon père n'a qu'une fille », et jamais ma mère, déjà tombée sous vos coups, ne fut orgueilleuse de ma naissance ! »

À ces cris, le chien aboie, le chasseur se réveille. Surpris de voir cette jeune fille à genoux, il se lève précipitamment « Comment, dit Cymodocée confuse et toujours à genoux, est-ce que tu n'es pas le chasseur Endymion ? »

« Et vous, dit le jeune homme non moins interdit, est-ce que vous n'êtes pas un Ange ? »

---

1. Séléné, la déesse grecque de la Lune, souvent assimilée à Artémis qui devient dans la religion romaine Diane, la déesse de la Chasse, de la Guerre et de la Nuit, a pour amant le berger Endymion.

« Un Ange », reprit la fille de Démodocus ! Alors l'étranger, plein de trouble :

« Femme, levez-vous, on ne doit se prosterner que devant Dieu. »

Après un moment de silence, la prêtresse des Muses dit au chasseur : « Si tu n'es pas un dieu caché sous la forme d'un mortel, tu es sans doute un étranger que les Satyres ont égaré comme moi dans les bois. Dans quel port est entré ton vaisseau ? Viens-tu de Tyr si célèbre par la richesse de ses marchands ? Viens-tu de la charmante Corinthe où tes hôtes t'auront fait de riches présens ? Es-tu de ceux qui trafiquent sur les mers jusqu'aux colonnes d'Hercule ? Suis-tu le cruel Mars dans les combats ; ou plutôt n'es-tu pas le fils d'un de ces mortels jadis décorés du sceptre, qui régnoient sur un pays fertile en troupeaux, et chéri des dieux ? »

L'étranger répondit : « Il n'y a qu'un Dieu, maître de l'univers ; et je ne suis qu'un homme plein de trouble et de foiblesse. Je m'appelle Eudore ; je suis fils de Lasthénès. Je revenois de Thalames, je retournois chez mon père ; la nuit m'a surpris : je me suis endormi au bord de cette fontaine. Mais vous, comment êtes-vous seule ici ? Que le ciel vous conserve la pudeur, la plus belle des craintes après celle de Dieu ! »

Le langage de cet homme confondoit Cymodocée. Ellc sentoit devant lui un mélange d'amour et de respect, de confiance et de frayeur. La gravité de sa parole et la grâce de sa personne formoient à ses yeux un contraste extraordinaire. Elle entrevoyoit comme une nouvelle espèce d'hommes, plus noble et plus sérieuse que celle qu'elle avoit connue jusqu'alors.

Les Martyrs, 1809

8.

Le lever de soleil sur l'Acropole

Après Les Martyrs, *Chateaubriand tire de sa pérégrination en Orient un récit de voyage, genre alors à la mode. Toutefois, loin de retranscrire fidèlement ce qu'il a vu, l'auteur reconstruit son expérience à partir de souvenirs de lectures. Il livre davantage un essai sur l'histoire et la littérature qu'un journal de bord et accorde notamment une large place aux textes antiques. Derrière les paysages traversés, il aperçoit l'ombre de récits anciens et offre une perspective sur le passage des civilisations.*

Nous employâmes la matinée entière à visiter la citadelle[1]. Les Turcs avaient autrefois accolé le minaret d'une mosquée au portique du Parthénon. Nous montâmes par l'escalier à moitié détruit de ce minaret ; nous nous assîmes sur une partie brisée de la frise du temple, et nous promenâmes nos regards autour de nous. Nous avions le mont Hymette à l'est, le Pentélique au nord, le Parnès au nord-ouest, les monts Icare, Cordyalus ou Œgalée à l'ouest, et par-dessus le premier on apercevait la cime du Cithéron ; au sud-ouest et au midi on voyait la mer, le Pirée, les côtes de Salamine, d'Égine, d'Épidaure, et la citadelle de Corinthe.

Au-dessous de nous, dans le bassin dont je viens de décrire la circonférence, on distinguait les collines et la

1. Il s'agit d'Athènes.

plupart des monuments d'Athènes : au sud-ouest, la colline du Musée avec le tombeau de Philopappus ; à l'ouest, les rochers de l'Aréopage, du Pnyx et du Lycabettus ; au nord, le petit mont Anchesme, et à l'est les hauteurs qui dominent le Stade. Au pied même de la citadelle, on voyait les débris du théâtre de Bacchus et d'Hérode-Atticus. À la gauche de ces débris venaient les grandes colonnes isolées du temple de Jupiter-Olympien ; plus loin encore, en tirant vers le nord-est, on apercevait l'enceinte du Lycée, le cours de l'Ilissus, le Stade et un temple de Diane ou de Cérès. Dans la partie de l'ouest et du nord-ouest, vers le grand bois d'oliviers, M. Fauvel me montrait la place du Céramique extérieur, de l'Académie et de son chemin bordé de tombeaux. Enfin, dans la vallée formée par l'Anchesme et la citadelle, on découvrait la ville moderne.

Il faut maintenant se figurer tout cet espace tantôt nu et couvert d'une bruyère jaune, tantôt coupé par des bouquets d'oliviers, par des carrés d'orge, par des sillons de vignes ; il faut se représenter des fûts de colonne et des bouts de ruines anciennes et modernes sortant du milieu de ces cultures ; des murs blanchis et des clôtures de jardins traversant les champs : il faut répandre dans la campagne des Albanaises qui tirent de l'eau ou qui lavent à des puits les robes des Turcs ; des paysans qui vont et viennent, conduisant des ânes ou portant sur leur dos des provisions à la ville : il faut supposer toutes ces montagnes dont les noms sont si beaux, toutes ces ruines si célèbres, toutes ces îles, toutes ces mers non moins fameuses éclairées d'une lumière éclatante. J'ai vu, du haut de l'Acropolis, le soleil se lever entre les deux cimes du mont Hymette : les corneilles qui nichent autour de la citadelle, mais qui ne franchissent jamais son sommet, planaient au-dessous de nous ; leurs ailes noires et lustrées étaient glacées de rose par les premiers reflets du jour ; des colonnes de fumée bleue et légère montaient dans l'ombre le long des flancs de l'Hymette, et annonçaient les parcs ou les chalets des abeilles ; Athènes, l'Acropolis et les débris du Parthénon se coloraient de la plus belle teinte de la fleur du pêcher ; les sculptures de Phidias, frappées horizontalement d'un rayon d'or, s'animaient et semblaient se mouvoir sur le marbre par la mobilité des ombres du relief ; au loin, la mer et le Pirée étaient tout blancs de lumière ; et la citadelle de Corinthe, renvoyant l'éclat du jour nouveau, brillait sur l'horizon du couchant, comme un rocher de pourpre et de feu.

Du lieu où nous étions placés, nous aurions pu voir, dans les beaux jours d'Athènes, les flottes sortir du Pirée pour combattre l'ennemi ou pour se rendre aux fêtes de Délos ; nous aurions pu entendre éclater au théâtre de Bacchus les douleurs d'Œdipe, de Philoctète et d'Hécube ; nous aurions pu ouïr les applaudissements des citoyens aux discours de Démosthène. Mais, hélas, aucun son ne frappait notre oreille. À peine quelques cris, échappés à une populace esclave, sortaient par intervalles de ces murs qui retentirent si longtemps de la voix d'un peuple libre. Je me disais, pour me consoler, ce qu'il faut se dire sans cesse : Tout passe, tout finit dans ce monde. Où sont allés les génies divins qui élevèrent le temple sur les débris duquel j'étais assis ? Ce soleil, qui peut-être éclairait les derniers soupirs de la pauvre fille de Mégare, avait vu mourir la brillante Aspasie. Ce tableau de l'Attique, ce spectacle que je contemplais, avait été contemplé par des yeux fermés depuis deux mille ans. Je passerai à mon tour : d'autres hommes aussi fugitifs que moi viendront faire les mêmes réflexions sur les mêmes ruines. Notre vie et notre cœur sont entre les mains de Dieu : laissons-le donc disposer de l'une comme de l'autre.

Itinéraire de Paris à Jérusalem, 1811,
première partie « Voyage en Grèce »

9.

La découverte des pyramides

En inaugurant le genre nouveau du récit de pèlerinage, Chateaubriand a inspiré la passion romantique pour la rêverie parmi les ruines. Fidèle à sa foi en un christianisme relié à des spiritualités anciennes, il se fait ici théoricien et critique d'art tout autant que philosophe pour sommer son lecteur de contempler dans les pyramides l'idée d'éternité transcendant les changements. Ces pages constituent le versant lumineux et enthousiaste d'une œuvre parfois beaucoup plus sombre et mélancolique.

En sortant du canal de Ménouf, et continuant de remonter le fleuve, nous aperçûmes, à notre gauche, la crête du mont Moqattam, et à notre droite, les hautes dunes de sable de la Libye. Bientôt dans l'espace vide que laissait l'écartement de ces deux chaînes de montagnes, nous découvrîmes le sommet des Pyramides : nous en étions à plus de dix lieues. Pendant le reste de notre navigation, qui dura encore près de huit heures, je demeurai sur le pont à contempler ces tombeaux ; ils paraissaient s'agrandir et monter dans le ciel à mesure que nous approchions. Le Nil, qui était alors comme une petite mer ; le mélange des sables du désert et de la plus fraîche verdure ; les palmiers, les sycomores, les dômes, les mosquées et les minarets du Caire ; les pyramides lointaines de Sacarah, d'où le fleuve semblait sortir comme de ses immenses réservoirs ; tout cela formait un tableau qui n'a point son égal sur la terre. « Mais quelque effort que fassent les hommes, dit Bossuet, leur néant paraît partout : ces pyramides étaient des tombeaux ! Encore les rois qui les ont bâties n'ont-ils pas eu le pouvoir d'y être inhumés, et ils n'ont pas joui de leur sépulcre. »

J'avoue pourtant qu'au premier aspect des Pyramides, je n'ai senti que de l'admiration. Je sais que la philosophie peut gémir ou sourire en songeant que le plus grand monument sorti de la main des hommes est un tombeau ; mais pourquoi ne voir dans la pyramide de Chéops, qu'un amas de pierres et un squelette ? Ce n'est point par le sentiment de son néant que l'homme a élevé un tel sépulcre, c'est par l'instinct de son immortalité : ce sépulcre n'est point la borne qui annonce la fin d'une carrière d'un jour, c'est la borne qui marque l'entrée d'une vie sans terme ; c'est une espèce de porte éternelle bâtie sur les confins de l'éternité. « Tous ces peuples (d'Égypte), dit Diodore de Sicile, regardant la durée de la vie comme un temps très court et de peu d'importance, font au contraire beaucoup d'attention à la longue mémoire que la vertu laisse après elle : c'est pourquoi ils appellent les maisons des vivants des hôtelleries, par lesquelles on ne fait que passer ; mais ils donnent le nom de demeures éternelles aux tombeaux des morts, d'où l'on ne sort plus. Ainsi les rois ont été comme indifférents sur la construction de leurs palais, et ils se sont épuisés dans la construction de leurs tombeaux. »

On voudrait aujourd'hui que tous les monuments eussent une utilité physique, et l'on ne songe pas qu'il y a pour les peuples une utilité morale d'un ordre fort supérieur, vers laquelle tendaient les législations de l'antiquité. La vue d'un tombeau n'apprend-elle donc rien ? Si elle enseigne quelque chose, pourquoi se plaindre qu'un roi ait voulu rendre la leçon perpétuelle ? Les grands monuments font une partie essentielle de la gloire de toute société humaine. À moins de soutenir qu'il est égal pour une nation de laisser ou de ne pas laisser un nom dans l'histoire, on ne peut condamner ces édifices qui portent la mémoire d'un peuple au-delà de sa propre existence et le font vivre contemporain des générations qui viennent s'établir dans ses champs abandonnés. Qu'importe alors que ces édifices aient été des amphithéâtres ou des sépulcres ? Tout est tombeau chez un peuple qui n'est plus. Quand l'homme a passé, les monuments de sa vie sont encore plus vains que ceux de sa mort : son mausolée est au moins utile à ses cendres ; mais ses palais gardent-ils quelque chose de ses plaisirs ?

Sans doute, à le prendre à la rigueur, une petite fosse suffit à tous, et six pieds de terre, comme le disait Mathieu Molé, feront toujours raison du plus grand homme du monde ; Dieu peut être adoré sous un arbre comme sous le dôme de Saint-Pierre ; on peut vivre dans une chaumière comme au Louvre : le vice de ce raisonnement est de transporter un ordre de choses dans un autre. D'ailleurs un peuple n'est pas plus heureux quand il vit ignorant des arts, que quand il laisse des témoins éclatants de son génie. On ne croit plus à ces sociétés de bergers qui passent leurs jours dans l'innocence, en promenant leur doux loisir au fond des forêts. On sait que ces honnêtes bergers se font la guerre entre eux pour manger les moutons de leurs voisins. Leurs grottes ne sont ni tapissées de vignes, ni embaumées du parfum des fleurs ; on y est étouffé par la fumée et suffoqué par l'odeur des laitages. En poésie et en philosophie, un petit peuple à demi barbare peut goûter tous les biens ; mais l'impitoyable histoire le soumet aux calamités du reste des hommes. Ceux qui crient tant contre la gloire ne seraient-ils pas un peu amoureux de la renommée ? Pour moi, loin de regarder comme un insensé le roi qui fit bâtir la grande Pyramide, je le tiens au contraire pour un monarque d'un esprit magnanime. L'idée de vaincre le temps par un tombeau, de forcer les générations, les mœurs, les lois, les âges à se briser au pied d'un cercueil, ne saurait être sortie d'une âme vulgaire. Si c'est là de l'orgueil, c'est du moins un grand orgueil. Une vanité comme celle de la grande Pyramide, qui dure depuis trois ou quatre mille ans, pourrait bien à la longue se faire compter pour quelque chose.

Itinéraire de Paris à Jérusalem, 1811,
sixième partie « Voyage d'Égypte »

10.

L'arrivée de Rancé à l'abbaye

Retiré de la vie politique, vieillissant, Chateaubriand écrit, alors qu'il révise ses Mémoires, *la biographie d'Armand Jean Le Bouthillier de Rancé, père fondateur de l'abbaye de la Trappe au* XVII*e* *siècle. Poussé par son confesseur, retrouvant un peu de lui-même dans le combat du moine contre un relâchement religieux, trouvant des échos à sa vie dans l'existence confinée loin du monde promue par ce dernier, le biographe n'est pas loin ici de l'autobiographe.*

Ici commence la nouvelle vie de Rancé : il rompt avec sa jeunesse, il la chasse et ne la revoit plus. Nous l'avons rencontré dans ses égarements, nous allons le retrouver dans ses austérités. La pénitence était son arrière-garde ; il se mettait à sa tête, se retournait, et donnait avec elle sur le monde. Il paraissait dans son extérieur, disent les historiens, une majesté qui ne pouvait venir que du Dieu de majesté. Ceux à qui leur conscience reproche quelque chose ne l'osaient venir chercher, persuadés qu'il connaissait divinement ce qu'ils avaient de plus caché. « Qui me donnera, s'écriait-il, les ailes de la colombe pour fuir la société des hommes ! » Dans mes temps de poésie, j'ai mis moi-même ces paroles de l'Écriture dans un chant de femme. L'hymne de Rancé se termine par ces mots : « Les créatures me suivent partout ; elles m'importunent, par mes yeux elles entrent dans mon esprit et portent avec elles l'inquiétude. Fermons les yeux, ô mon âme, tenons-nous si éloignés de toutes ces choses que nous ne puissions les voir et en être vus. »

Après ces éjaculations on surprenait le moine les yeux levés vers le ciel. Il devenait immense ; il s'agrandissait de toute la gloire éternelle. Il y a des tableaux qui représentent saint François aux bords de la mer, en face de petits anges réunis dans des branchages dépouillés.

Le 20 mai 1666 revit Rancé dans les obscurs chemins du Perche. Ce n'étaient là ni les restes de la voie Appia, ni de la voie Claudia : Rancé ne rapportait aucun souvenir de Rome, où tant de passions se sont formées, d'où tant d'hommes n'ont point voulu revenir. Les Troyens restèrent à Albe avec leurs dieux. Rancé n'avait même pas cueilli, pour la joindre aux fleurs du printemps qui commençaient à renaître à la Trappe, ces tubéreuses murales qui croissent sur l'enceinte ébréchée de Rome, où les vents transportent çà et là leurs échafauds mobiles.

Des divisions s'étaient élevées entre le prieur et le sous-prieur, le prieur avait rempli les cellules de meubles inutiles : le travail des mains avait été diminué, les pratiques pieuses altérées ; le vin et le poisson reparaissaient sur les tables, Rancé, instruit à Rome de ces infractions, s'était hâté de mander à la Trappe : « Vous savez que les actions mortes ne sauraient plaire au Dieu de la vie. Gardez le silence autant avec vous-mêmes qu'avec les autres ; que votre solitude soit autant dans l'esprit et dans le cœur que dans la retraite extérieure de vos personnes ; que vos corps sortent de vos lits comme de vos tombeaux : au moment où je vous écris, nos jours s'écoulent. » Les souvenirs d'Horace ne cessaient de vivre dans l'opulente mémoire de Rancé : *Dum loquimur, fugerit invida aetas*[1]. [...]

Si les travaux spirituels avaient été interrompus, les constructions matérielles n'avaient pas été suspendues à

1. Locution latine que l'on peut traduire par : « Pendant que nous parlons, le temps jaloux a fui. »

la Trappe. Les moines étaient eux-mêmes les architectes et les maçons. Des frères convers, appendus au haut du clocher, étaient ballottés par les vents et rassurés par leur foi. Celui qui plaça le coq sur l'édifice vint avant son entreprise se prosterner aux pieds de Rancé. La religion prit le frère par le bras et il monta ferme. Les travailleurs se mettaient à genoux sur leurs cordes lorsque l'heure des prières venait à tinter. Rancé augmenta le couvent d'un nombre de cellules ; il éleva une mense pour la réception des étrangers. On aperçoit dans l'avant-cour du couvent les écussons insultés des armes de France. Rancé fit bâtir deux chapelles, l'une en l'honneur de saint Jean Climaque, l'autre en l'honneur de sainte Marie d'Égypte : j'en ai déjà parlé. Il déposa sur l'autel de l'église les reliques qu'il avait apportées de Rome, et qui s'enrichirent ensuite de quelques autres. Dans l'église il remplaça, et il eut tort, par un beau groupe, cette Vierge de peu de prix qui, sur la cime des Alpes, rassérène les lieux battus des tempêtes. Rancé retira le couvent de la désolation humaine, et l'épura par la désolation chrétienne. Ces lieux que les Anglais avaient fait retentir de leurs pas armés ne répétèrent que le susurrement de la sandale.

L'abbaye n'avait pas changé de lieu : elle était encore, comme au temps de la fondation, dans une vallée. Les collines assemblées autour d'elle la cachaient au reste de la terre. J'ai cru, en la voyant, revoir mes bois et mes étangs de Combourg le soir aux clartés allenties du soleil. Le silence régnait : si l'on entendait du bruit, ce n'était que le son des arbres ou les murmures de quelques ruisseaux ; murmures faibles ou renflés selon la lenteur ou la rapidité du vent : on n'était pas bien certain de n'avoir pas ouï la mer. Je n'ai rencontré qu'à l'Escurial une pareille absence de vie : les chefs-d'œuvre de Raphaël se regardaient muets dans les obscures sacristies : à peine entendait-on la voix d'une femme étrangère qui passait.

Rentré dans son royaume des expiations, Rancé dressa des constitutions pour ce monde, convenables à ceux qui pleuraient. Dans le discours qui précède ces constitutions, il dit : « L'abbaye est sise dans un vallon fort solitaire, quiconque voudra y demeurer n'y doit apporter que son âme : la chair n'a que faire là-dedans. »

Vie de Rancé, 1844,
livre II

11.

« Je viens au monde »

Passage attendu de toute autobiographie, le récit de naissance frappe chez Chateaubriand par la force significative qu'il donne à l'événement. On perçoit là tout l'art de l'écrivain. Relisant les faits à l'aune de sa vie, l'auteur les reconfigure comme origine prémonitoire d'une destinée marquée par l'exil, l'instabilité et la perte. Dans le même temps, chaque circonstance, des aînés décédés à la tempête en passant par la nourrice stérile, donne une ampleur allégorique au nourrisson et fait signe vers une humanité affaiblie traversée par des courants contraires.

Ma mère accoucha à Saint-Malo d'un premier garçon qui mourut au berceau, et qui fut nommé Geoffroy, comme presque tous les aînés de ma famille. Ce fils fut suivi d'un autre et de deux filles qui ne vécurent que quelques mois.

Ces quatre enfants périrent d'un épanchement de sang au cerveau. Enfin, ma mère mit au monde un troisième garçon qu'on appela Jean-Baptiste : c'est lui qui, dans la suite, devint le petit-gendre de M. de Malesherbes. Après Jean-Baptiste naquirent quatre filles : Marie-Anne, Bénigne, Julie et Lucile, toutes quatre d'une rare beauté, et dont les deux aînées ont seules survécu aux orages de la Révolution. La beauté, frivolité sérieuse, reste quand toutes les autres sont passées. Je fus le dernier de ces dix enfants. Il est probable que mes quatre sœurs durent leur existence au désir de mon père d'avoir son nom assuré par l'arrivée d'un second garçon ; je résistais, j'avais aversion pour la vie.

Voici mon extrait de baptême :

« Extrait des registres de l'état civil de la commune de Saint-Malo pour l'année 1768.

« François-René de Chateaubriand, fils de René de Chateaubriand et de Pauline-Jeanne-Suzanne de Bedée, son épouse, né le 4 septembre 1768, baptisé le jour suivant par nous, Pierre-Henri Nouail, grand vicaire de l'évêque de Saint-Malo. A été parrain Jean-Baptiste de Chateaubriand, son frère, et marraine Françoise-Gertrude de Contades, qui signent et le père. Ainsi signé au registre : Contades de Plouër, Jean-Baptiste de Chateaubriand, Brignon de Chateaubriand, de Chateaubriand et Nouail, vicaire général »

On voit que je m'étais trompé dans mes ouvrages : je me fais naître le 4 octobre et non le 4 septembre ; mes prénoms sont : François-René, et non pas François-Auguste.

La maison qu'habitaient alors mes parents est située dans une rue sombre et étroite de Saint-Malo, appelée la rue des Juifs : cette maison est aujourd'hui transformée en auberge. La chambre où ma mère accoucha domine une partie déserte des murs de la ville, et à travers les fenêtres de cette chambre on aperçoit une mer qui s'étend à perte de vue, en se brisant sur des écueils. J'eus pour parrain, comme on le voit dans mon extrait de baptême, mon frère, et pour marraine la comtesse de Plouër, fille du maréchal de Contades. J'étais presque mort quand je vins au jour. Le mugissement des vagues, soulevées par une bourrasque annonçant l'équinoxe d'automne, empêchait d'entendre mes cris : on m'a souvent conté ces détails ; leur tristesse ne s'est jamais effacée de ma mémoire. Il n'y a pas de jour où, rêvant à ce que j'ai été, je ne revoie en pensée le rocher sur lequel je suis né, la chambre où ma mère m'infligea la vie, la tempête dont le bruit berça mon premier sommeil, le frère infortuné qui me donna un nom que j'ai presque toujours traîné dans le malheur. Le ciel sembla réunir ces diverses circonstances pour placer dans mon berceau une image de mes destinées. [...]

En sortant du sein de ma mère, je subis mon premier exil ; on me relégua à Plancouët, joli village situé entre Dinan, Saint-Malo et Lamballe. L'unique frère de ma mère, le comte de Bedée, avait bâti près de ce village le château de Monchoix. Les biens de mon aïeule maternelle s'étendaient dans les environs jusqu'au bourg de Corseul, les *Curiosolites* des *Commentaires* de César. Ma grand'mère, veuve depuis longtemps, habitait avec sa sœur, mademoiselle de Boisteilleul, un hameau séparé de Plancoët par un pont, et qu'on appelait l'Abbaye, à cause d'une abbaye de bénédictins, consacrée à Notre-Dame de Nazareth.

Ma nourrice se trouva stérile ; une autre pauvre chrétienne me prit à son sein. Elle me voua à la patronne du hameau, Notre-Dame de Nazareth, et lui promit que je porterais en son honneur, le bleu et le blanc jusqu'à l'âge de sept ans. Je n'avais vécu que quelques heures, et la pesanteur du temps était déjà marquée sur mon front. Que ne me laissait-on mourir ? Il entrait dans les conseils de Dieu d'accorder au vœu de l'obscurité et de l'innocence la conservation des jours qu'une vaine renommée menaçait d'atteindre.

Ce vœu de la paysanne bretonne n'est plus de ce siècle : c'était toutefois une chose touchante que l'intervention d'une Mère divine placée entre l'enfant et le ciel, et partageant les sollicitudes de la mère terrestre.

Au bout de trois ans on me ramena à Saint-Malo ; il y en avait déjà sept que mon père avait recouvré la terre de Combourg. Il désirait rentrer dans les biens où ses ancêtres avaient passé ; ne pouvant traiter ni pour la seigneurie de Beaufort, échue à la famille de Goyon, ni pour la baronnie de Chateaubriand, tombée dans la maison de Condé, il tourna ses yeux sur Combourg que Froissart écrit *Combour* : plusieurs branches de ma famille l'avaient possédé par des mariages avec les Coëtquen.

Combourg défendait la Bretagne dans les marches normande et anglaise : Junken, évêque de Dol, le bâtit en 1016 ; la grande tour date de 1100. Le maréchal de Duras, qui tenait Combourg de sa femme, Maclovie de Coëtquen, née d'une Chateaubriand, s'arrangea avec mon père. Le marquis du Hallay, officier aux grenadiers à cheval de la garde royale, peut-être trop connu par sa bravoure, est le dernier des Coëtquen-Chateaubriand : M. du Hallay a un frère. Le même maréchal en qualité de notre allié, nous présenta dans la suite à Louis XVI, mon frère et moi.

Je fus destiné à la marine royale : l'éloignement pour la cour était naturel à tout Breton, et particulièrement à mon père. L'aristocratie de nos États fortifiait en lui ce sentiment.

Les Mémoires d'outre-tombe, 1849-1850,
première partie, livre I

12.

« Aventure de la pie »

Le récit d'enfance de Chateaubriand fait écho aux aveux coupables essaimant les Confessions *d'Augustin et de Rousseau. Cependant, rompant avec la visée théologique de l'un et la mise à nu de l'autre, le mémorialiste s'érige en figure héroïque personnifiant son époque. Ici, les thèmes de la désobéissance glorieuse et de l'autorité prévenante donnent une portée politique à l'épisode enfantin. On reconnaît la posture singulière de l'auteur vis-à-vis du pouvoir mais aussi la façon dont il a conçu la relation de ce dernier avec le peuple.*

Un jour du mois de mai, l'abbé Égault, préfet de semaine, nous avait conduits à ce séminaire : on nous laissait une grande liberté de jeux, mais il était expressément défendu de monter sur les arbres. Le régent, après nous avoir établis dans un chemin herbu, s'éloigna pour dire son bréviaire.

Des ormes bordaient le chemin : tout à la cime du plus grand brillait un nid de pie : nous voilà en admiration, nous montrant mutuellement la mère assise sur ses œufs, et pressés du plus vif désir de saisir cette superbe proie. Mais qui oserait tenter l'aventure ? L'ordre était si sévère, le régent si près, l'arbre si haut ! Toutes les espérances se tournent vers moi ; je grimpais comme un chat. J'hésite, puis la gloire l'emporte : je me dépouille de mon habit, j'embrasse l'orme et je commence à monter. Le tronc était sans branches, excepté aux deux tiers de sa crue, où se formait une fourche dont une des pointes portait le nid.

Mes camarades, assemblés sous l'arbre, applaudissaient à mes efforts, me regardant, regardant l'endroit d'où pouvait venir le préfet, trépignant de joie dans l'espoir des œufs, mourant de peur dans l'attente du châtiment. J'aborde au nid ; la pie s'envole ; je ravis les œufs, je les mets dans ma chemise et redescends. Malheureusement, je me laisse glisser entre les tiges jumelles et j'y reste à califourchon. L'arbre étant élagué, je ne pouvais appuyer mes pieds ni à droite ni à gauche pour me soulever et reprendre le limbe extérieur ; je demeure suspendu en l'air à cinquante pieds.

Tout à coup un cri : « Voici le préfet ! » et je me vois incontinent abandonné de mes amis, comme c'est l'usage. Un seul, appelé Le Gobbien, essaya de me porter secours, et fut tôt obligé de renoncer à sa généreuse entreprise. Il n'y avait qu'un moyen de sortir de ma fâcheuse position, c'était de me suspendre en dehors par les mains à l'une des deux dents de la fourche, et de tâcher de saisir avec mes pieds le tronc de l'arbre audessous de sa bifurcation. J'exécutai cette manœuvre au péril de ma vie. Au milieu de mes tribulations, je n'avais pas lâché mon trésor ; j'aurais pourtant mieux fait de le jeter, comme depuis j'en ai jeté tant d'autres. En dévalant le tronc, je m'écorchai les mains, je m'éraillai les jambes et la poitrine, et j'écrasai les œufs : ce fut ce qui me perdit. Le préfet ne m'avait point vu sur l'orme ; je lui cachai assez bien mon sang, mais il n'y eut pas moyen de lui dérober l'éclatante couleur d'or dont j'étais barbouillé. « Allons, me dit-il, monsieur, vous aurez le fouet. »

Si cet homme m'eût annoncé qu'il commuait cette peine en celle de mort, j'aurais éprouvé un mouvement de joie. L'idée de la honte n'avait point approché de mon éducation sauvage : à tous les âges de ma vie, il n'y a point de supplice que je n'eusse préféré à l'horreur d'avoir à rougir devant une créature vivante. L'indignation s'éleva dans mon cœur ; je répondis à l'abbé Égault, avec l'accent non d'un enfant, mais d'un homme, que jamais ni lui ni personne ne lèverait la main sur moi. Cette réponse l'anima ; il m'appela rebelle et promit de faire un exemple. « Nous verrons », répliquai-je, et je me mis à jouer à la balle avec un sang-froid qui le confondit.

Nous retournâmes au collège ; le régent me fit entrer chez lui et m'ordonna de me soumettre. Mes sentiments exaltés firent place à des torrents de larmes. Je représentai à l'abbé Égault qu'il m'avait appris le latin ; que j'étais son écolier, son disciple, son enfant ; qu'il ne voudrait pas déshonorer son élève, et me rendre la vue de mes compagnons insupportable ; qu'il pouvait me mettre en prison, au pain et à l'eau, me priver de mes récréations, me charger de pensums ; que je lui saurais gré de cette clémence et l'en aimerais davantage. Je tombai à ses genoux, je joignis les mains, je le suppliai par Jésus-Christ de m'épargner : il demeura sourd à mes prières. Je me levai plein de rage et lui lançai dans les jambes un coup de pied si rude qu'il en poussa un cri. Il court en clochant à la porte de sa chambre, la ferme à double tour et revient sur moi. Je me retranche derrière son lit ; il m'allonge à travers le lit des coups de férule. Je m'entortille dans la couverture, et m'animant au combat, je m'écrie :

Macte animo, generose puer[1] !

Cette érudition de grimaud fit rire malgré lui mon ennemi ; il parla d'armistice : nous conclûmes un traité ; je convins de m'en rapporter à l'arbitrage du principal. Sans me donner gain de cause, le principal me voulut bien soustraire à la punition que j'avais repoussée. Quand l'excellent prêtre prononça mon acquittement, je baisai la manche de sa robe avec une telle effusion de cœur et de reconnaissance, qu'il ne se put empêcher de me donner sa bénédiction. Ainsi se termina le premier

1. « Courage, noble enfant ! »

combat que me fit rendre cet honneur devenu l'idole de ma vie, et auquel j'ai tant de fois sacrifié repos, plaisir et fortune.

Les Mémoires d'outre-tombe, 1849-1850,
première partie, livre II

13.

« Apparition de Combourg » (l'épisode du chant de la grive)

Les paysages de bois incarnent dans les Mémoires *une temporalité naturelle affranchie des affres de l'histoire. Par contraste, les ruines et bâtisses perdues, notamment le château paternel de l'enfance à Combourg, deviennent des allégories des changements produits par le temps. Superposant ici les lieux et les époques au sein d'une rêverie mélancolique, la méditation sur le moi à travers les âges ouvre vers une pensée sur l'histoire. Seul gage de continuité et d'avenir : l'activité poétique à l'écoute du réel.*

Depuis la dernière date de ces *Mémoires*, Vallée-aux-Loups, janvier 1814, jusqu'à la date d'aujourd'hui, Montboissier, juillet 1817, trois ans et dix mois se sont passés. Avez-vous entendu tomber l'Empire ? Non : rien n'a troublé le repos de ces lieux. L'Empire s'est abîmé pourtant ; l'immense ruine s'est écroulée dans ma vie, comme ces débris romains renversés dans le cours d'un ruisseau ignoré. Mais à qui ne les compte pas, peu importent les événements : quelques années échappées des mains de l'Éternel feront justice de tous ces bruits par un silence sans fin.

Le livre précédent fut écrit sous la tyrannie expirante de Bonaparte et à la lueur des derniers éclairs de sa gloire : je commence le livre actuel sous le règne de Louis XVIII. J'ai vu de près les rois, et mes illusions politiques se sont évanouies, comme ces chimères plus douces dont je continue le récit. Disons d'abord ce qui me fait reprendre la plume : le cœur humain est le jouet de tout, et l'on ne saurait prévoir quelle circonstance frivole cause ses joies et ses douleurs. Montaigne l'a remarqué : « Il ne faut point de cause, dit-il, pour agiter notre âme : une resverie sans cause et sans subject la régente et l'agite. »

Je suis maintenant à Montboissier, sur les confins de la Beauce et du Perche. Le château de cette terre, appartenant à madame la comtesse de Colbert-Montboissier, a été vendu et démoli pendant la Révolution ; il ne reste que deux pavillons, séparés par une grille et formant autrefois le logement du concierge. Le parc, maintenant à l'anglaise, conserve des traces de son ancienne régularité française : des allées droites, des taillis encadrés dans des charmilles, lui donnent un air sérieux ; il plaît comme une ruine.

Hier au soir je me promenais seul ; le ciel ressemblait à un ciel d'automne ; un vent froid soufflait par intervalles. À la percée d'un fourré, je m'arrêtai pour regarder le soleil : il s'enfonçait dans des nuages au-dessus de la tour d'Alluye, d'où Gabrielle, habitante de cette tour, avait vu comme moi le soleil se coucher il y a deux cents ans. Que sont devenus Henri et Gabrielle ? Ce que je serai devenu quand ces *Mémoires* seront publiés.

Je fus tiré de mes réflexions par le gazouillement d'une grive perchée sur la plus haute branche d'un bouleau. À l'instant, ce son magique fit reparaître à mes yeux le domaine paternel ; j'oubliai les catastrophes dont je venais d'être le témoin, et, transporté subitement dans le passé, je revis ces campagnes où j'entendis si souvent siffler la grive. Quand je l'écoutais alors, j'étais triste de même qu'aujourd'hui ; mais cette première tristesse était celle qui naît d'un désir vague de bonheur, lorsqu'on est sans expérience ; la tristesse que j'éprouve actuellement vient de la connaissance des choses appréciées et jugées. Le chant de l'oiseau dans les bois de Combourg m'entretenait d'une félicité que je croyais atteindre ; le même chant dans le parc de Montboissier me rappelait des jours perdus à la poursuite de cette félicité insaisissable. Je n'ai plus rien à apprendre ; j'ai marché plus vite qu'un autre, et j'ai fait le tour de la vie. Les heures fuient et m'entraînent ; je n'ai pas même la certitude de pouvoir achever ces *Mémoires*. Dans combien de lieux ai-je déjà commencé à les écrire et dans quel lieu les finirai-je ? Combien de temps me promènerai-je au bord des bois ? Mettons à profit le peu d'instants qui me restent ; hâtons-nous de peindre ma jeunesse, tandis que j'y touche encore : le navigateur, abandonnant pour jamais un rivage enchanté, écrit son journal à la vue de la terre qui s'éloigne et qui va bientôt disparaître.

Les Mémoires d'outre-tombe, 1849-1850,
première partie, livre III

14.

« Vie à Combourg » (les soirées d'automne et d'hiver)

Comptant parmi les pages les plus célèbres et les plus intimes des Mémoires, *la description de la vie à Combourg*[1] *durant l'enfance éblouit par les émotions variées dont elle est imprégnée. Ici, le fantastique de la figure spectrale du père et du rituel magique du soir rappelle le gothique et préfigure le romantisme noir. En se remémorant les peurs enfantines, Chateaubriand se saisit de l'intensité d'une sensation. Ce pan passé de sa vie compte pour l'exaltation et l'effroi qu'il abrite, lesquels ne vont pas sans un certain plaisir.*

Les soirées d'automne et d'hiver étaient d'une autre nature. Le souper fini et les quatre convives revenus de la table à la cheminée, ma mère se jetait, en soupirant, sur un vieux lit de jour de siamoise flambée ; on mettait devant elle un guéridon avec une bougie. Je m'asseyais auprès du feu avec Lucile ; les domestiques enlevaient le couvert et se retiraient. Mon père commençait alors une promenade qui ne cessait qu'à l'heure de son coucher. Il était vêtu d'une robe de ratine blanche, ou plutôt d'une espèce de manteau que je n'ai vu qu'à lui. Sa tête, demi-chauve, était couverte d'un grand bonnet blanc qui se tenait tout droit. Lorsqu'en se promenant il s'éloignait du foyer, la vaste salle était si peu éclairée par une seule

1. Combourg est une commune du département d'Ille-et-Vilaine en Bretagne.

bougie qu'on ne le voyait plus ; on l'entendait seulement encore marcher dans les ténèbres : puis il revenait lentement vers la lumière et émergeait peu à peu de l'obscurité, comme un spectre, avec sa robe blanche, son bonnet blanc, sa figure longue et pâle. Lucile et moi nous échangions quelques mots à voix basse quand il était à l'autre bout de la salle ; nous nous taisions quand il se rapprochait de nous. Il nous disait en passant : « De quoi parliez-vous ? » Saisis de terreur, nous ne répondions rien ; il continuait sa marche. Le reste de la soirée, l'oreille n'était plus frappée que du bruit mesuré de ses pas, des soupirs de ma mère et du murmure du vent.

Dix heures sonnaient à l'horloge du château : mon père s'arrêtait ; le même ressort, qui avait soulevé le marteau de l'horloge, semblait avoir suspendu ses pas. Il tirait sa montre, la montait, prenait un grand flambeau d'argent surmonté d'une grande bougie, entrait un moment dans la petite tour de l'ouest, puis revenait, son flambeau à la main, et s'avançait vers sa chambre à coucher, dépendante de la petite tour de l'est. Lucile et moi, nous nous tenions sur son passage ; nous l'embrassions en lui souhaitant une bonne nuit. Il penchait vers nous sa joue sèche et creuse sans nous répondre, continuait sa route et se retirait au fond de la tour, dont nous entendions les portes se refermer sur lui.

Le talisman était brisé ; ma mère, ma sœur et moi, transformés en statues par la présence de mon père, nous recouvrions les fonctions de la vie. Le premier effet de notre désenchantement se manifestait par un débordement de paroles : si le silence nous avait opprimés, il nous le payait cher.

Ce torrent de paroles écoulé, j'appelais la femme de chambre, et je reconduisais ma mère et ma sœur à leur appartement. Avant de me retirer, elles me faisaient regarder sous les lits, dans les cheminées, derrière les portes, visiter les escaliers, les passages et les corridors voisins. Toutes les traditions du château, voleurs et spectres, leur revenaient en mémoire. Les gens étaient persuadés qu'un certain comte de Combourg, à jambe de bois, mort depuis trois siècles, apparaissait à certaines époques, et qu'on l'avait rencontré dans le grand escalier de la tourelle ; sa jambe de bois se promenait aussi quelquefois seule avec un chat noir. [...]

Ces récits occupaient tout le temps du coucher de ma mère et de ma sœur : elles se mettaient au lit mourantes de peur ; je me retirais au haut de ma tourelle ; la cuisinière rentrait dans la grosse tour, et les domestiques descendaient dans leur souterrain.

La fenêtre de mon donjon s'ouvrait sur la cour intérieure ; le jour, j'avais en perspective les créneaux de la courtine opposée, où végétaient des scolopendres et croissait un prunier sauvage. Quelques martinets, qui durant l'été s'enfonçaient en criant dans les trous des murs, étaient mes seuls compagnons. La nuit, je n'apercevais qu'un petit morceau de ciel et quelques étoiles. Lorsque la lune brillait et qu'elle s'abaissait à l'occident, j'en étais averti par ses rayons, qui venaient à mon lit au-travers des carreaux losangés de la fenêtre. Des chouettes, voletant d'une tour à l'autre, passant et repassant entre la lune et moi, dessinaient sur mes rideaux l'ombre mobile de leurs ailes. Relégué dans l'endroit le plus désert, à l'ouverture des galeries, je ne perdais pas un murmure des ténèbres. Quelquefois le vent semblait courir à pas légers ; quelquefois il laissait échapper des plaintes ; tout à coup ma porte était ébranlée avec violence, les souterrains poussaient des mugissements, puis ces bruits expiraient pour recommencer encore. À quatre heures du matin, la voix du maître du château, appelant le valet de chambre à l'entrée des voûtes séculaires, se faisait entendre comme la voix du dernier fantôme de la nuit. Cette voix remplaçait pour moi la douce harmonie au son de laquelle le père de Montaigne éveillait son fils.

Les Mémoires d'outre-tombe, 1849-1850,
première partie, livre III

15.

« Lucile »

Dans la première partie des Mémoires *consacrée au récit de formation, la découverte de la création poétique joue un rôle important. C'est en partant du portrait de sa sœur Lucile que Chateaubriand relate son entrée en poésie. Décrivant une âme mélancolique qui allégorise le « vague des passions », il confie à celle-ci le rôle de muse inspiratrice. Ainsi, c'est dans la souffrance que l'écrivain fonde son désir d'écrire, qu'il désigne tantôt comme une pulsion perturbatrice tantôt comme une force visionnaire.*

Lucile était grande et d'une beauté remarquable, mais sérieuse. Son visage pâle était accompagné de longs cheveux noirs ; elle attachait souvent au ciel ou promenait autour d'elle des regards pleins de tristesse ou de feu. Sa démarche, sa voix, son sourire, sa physionomie avaient quelque chose de rêveur et de souffrant.

Lucile et moi nous nous étions inutiles. Quand nous parlions du monde, c'était de celui que nous portions audedans de nous et qui ressemblait bien peu au monde véritable. Elle voyait en moi son protecteur, je voyais en elle mon amie. Il lui prenait des accès de pensées noires que j'avais peine à dissiper : à dix-sept ans, elle déplorait la perte de ses jeunes années ; elle se voulait ensevelir dans un cloître. Tout lui était souci, chagrin, blessure : une expression qu'elle cherchait, une chimère qu'elle s'était faite, la tourmentaient des mois entiers. Je l'ai souvent vue, un bras jeté sur sa tête, rêver immobile et inanimée ; retirée vers son cœur, sa vie cessait de paraître au-dehors ; son sein même ne se soulevait plus. Par son attitude, sa mélancolie, sa vénusté, elle ressemblait à un Génie funèbre. J'essayais alors de la consoler, et, l'instant d'après, je m'abîmais dans des désespoirs inexplicables.

Lucile aimait à faire seule, vers le soir, quelque lecture pieuse : son oratoire de prédilection était l'embranchement des deux routes champêtres, marqué par une croix de pierre et par un peuplier dont le long style s'élevait dans le ciel comme un pinceau. Ma dévote mère, toute charmée, disait que sa fille lui représentait une chrétienne de la primitive Église, priant à ces stations appelées *Laures*.

De la concentration de l'âme naissaient chez ma sœur des effets d'esprit extraordinaires : endormie, elle avait des songes prophétiques ; éveillée, elle semblait lire dans l'avenir. Sur un palier de l'escalier de la grande tour, battait une pendule qui sonnait le temps au silence ; Lucile, dans ses insomnies, allait s'asseoir sur une marche, en face de cette pendule : elle regardait le cadran à la lueur de sa lampe posée à terre. Lorsque les deux aiguilles, unies à minuit, enfantaient dans leur conjonction formidable l'heure des désordres et des crimes, Lucile entendait des bruits qui lui révélaient des trépas lointains. Se trouvant à Paris quelques jours avant le 10 août, et demeurant avec mes autres sœurs dans le voisinage du couvent des Carmes, elle jette les yeux sur une glace, pousse un cri et dit : « Je viens de voir entrer la mort. » Dans les bruyères de la Calédonie, Lucile eût été une femme céleste de Walter Scott, douée de la seconde vue ; dans les bruyères armoricaines, elle n'était qu'une solitaire avantagée de beauté, de génie et de malheur. [...]

La vie que nous menions à Combourg, ma sœur et moi, augmentait l'exaltation de notre âge et de notre caractère. Notre principal désennui consistait à nous promener côte à côte dans le grand Mail, au printemps sur un tapis de primevères, en automne sur un lit de feuilles séchées, en hiver sur une nappe de neige que brodait la trace des oiseaux, des écureuils et des hermines. Jeunes comme les primevères, tristes comme la feuille séchée, purs comme la neige nouvelle, il y avait harmonie entre nos récréations et nous.

Ce fut dans une de ces promenades que Lucile, m'entendant parler avec ravissement de la solitude, me dit : « Tu devrais peindre tout cela. » Ce mot me révéla la Muse ; un souffle divin passa sur moi. Je me mis à bégayer des vers, comme si c'eût été ma langue naturelle ; jour et nuit je chantais mes plaisirs, c'est-à-dire mes bois et mes vallons ; je composais une foule de petites idylles ou tableaux de la nature. J'ai écrit longtemps en vers avant d'écrire en prose : M. de Fontanes prétendait que j'avais reçu les deux instruments.

Ce talent que me promettait l'amitié s'est-il jamais levé pour moi ? Que de choses j'ai vainement attendues ! Un esclave, dans l'*Agamemnon* d'Eschyle, est placé en sentinelle au haut du palais d'Argos ; ses yeux cherchent à découvrir le signal convenu du retour des vaisseaux ; il chante pour solacier ses veilles, mais les heures s'envolent et les astres se couchent, et le flambeau ne brille pas. Lorsque, après maintes années, sa lumière tardive apparaît sur les flots, l'esclave est courbé sous le poids du temps ; il ne lui reste plus qu'à recueillir des malheurs, et le chœur lui dit : « qu'un vieillard est une ombre errante à la clarté du jour. "Ὄναρ ἡμερόφαντον ἀλαίνει." »

Les Mémoires d'outre-tombe, 1849-1850,
première partie, livre III

16.

« Deux années de délire »

Après sa découverte de la création poétique, Chateaubriand relate un moment fondateur des principes de son art : les deux ans durant lesquels, adolescent, il a vécu avec une femme imaginaire. Née d'un débordement d'émotion, nourrie de multiples lectures, composition bigarrée abritant une unité cachée et enchantement des malheurs de la vie, l'amante métaphorise l'œuvre de l'écrivain. Derrière l'autoportrait et le portrait, c'est un véritable art d'écrire qui prend forme.

Quand on m'aurait livré les plus belles esclaves du sérail, je n'aurais su que leur demander : le hasard m'éclaira.

Un voisin de la terre de Combourg était venu passer quelques jours au château avec sa femme, fort jolie. Je ne sais ce qui advint dans le village ; on courut à l'une des fenêtres de la grand'salle pour regarder. J'y arrivai le premier, l'étrangère se précipitait sur mes pas, je voulus lui céder la place et je me tournai vers elle ; elle me barra involontairement le chemin, et je me sentis pressé entre elle et la fenêtre. Je ne sus plus ce qui se passa autour de moi.

Dès ce moment, j'entrevis que d'aimer et d'être aimé d'une manière qui m'était inconnue devait être la félicité suprême. Si j'avais fait ce que font les autres hommes, j'aurais bientôt appris les peines et les plaisirs de la passion dont je portais le germe ; mais tout prenait en moi un caractère extraordinaire. L'ardeur de mon imagination, ma timidité, la solitude, firent, qu'au lieu de me jeter au dehors, je me repliai sur moi-même ; faute d'objet réel, j'évoquai par la puissance de mes vagues désirs un fantôme qui ne me quitta plus. Je ne sais si l'histoire du cœur humain offre un autre exemple de cette nature. [...]

Je me composai donc une femme de toutes les femmes que j'avais vues : elle avait la taille, les cheveux et le sourire de l'étrangère qui m'avait pressé contre son sein ; je lui donnai les yeux de telle jeune fille du village, la fraîcheur de telle autre. Les portraits des grandes dames du temps de François Ier, de Henri IV et de Louis XIV, dont le salon était orné, m'avaient fourni d'autres traits, et j'avais dérobé des grâces jusqu'aux tableaux des Vierges suspendus dans les églises.

Cette charmeresse me suivait partout invisible ; je m'entretenais avec elle comme avec un être réel ; elle variait au gré de ma folie : Aphrodite sans voile, Diane vêtue d'azur et de rosée, Thalie au masque riant, Hébé à la coupe de la jeunesse, souvent elle devenait une fée qui me soumettait la nature. Sans cesse je retouchais ma toile ; j'enlevais un appas à ma beauté pour le remplacer par un autre. Je changeais aussi mes parures ; j'en empruntais à tous les pays, à tous les siècles, à tous les arts, à toutes les religions. Puis, quand j'avais fait un chef-d'œuvre, j'éparpillais de nouveau mes dessins et mes couleurs ; ma femme unique se transformait en une multitude de femmes dans lesquelles j'idolâtrais séparément les charmes que j'avais adorés réunis.

Pygmalion fut moins amoureux de sa statue : mon embarras était de plaire à la mienne. Ne me reconnaissant rien de ce qu'il fallait pour être aimé, je me prodiguais ce qui me manquait. Je montais à cheval comme Castor et Pollux ; je jouais de la lyre comme Apollon ; Mars maniait ses armes avec moins de force et d'adresse : héros de roman ou d'histoire, que d'aventures fictives j'entassais sur des fictions ! Les ombres des filles de Morven, les sultanes de Bagdad et de Grenade, les châtelaines des vieux manoirs ; bains, parfums, danses, délices de l'Asie, tout m'était approprié par une baguette magique.

Voici venir une jeune reine, ornée de diamants et de fleurs (c'était toujours ma sylphide) ; elle me cherche à minuit, au travers des jardins d'orangers, dans les galeries d'un palais baigné des flots de la mer, au rivage embaumé de Naples ou de Messine, sous un ciel d'amour que l'astre d'Endymion pénètre de sa lumière ; elle s'avance, statue animée de Praxitèle, au milieu des statues immobiles, des pâles tableaux et des fresques silencieusement blanchies par les rayons de la lune : le bruit léger de sa course sur les mosaïques des marbres se mêle au murmure insensible de la vague. La jalousie royale nous environne. Je tombe aux genoux de la souveraine des campagnes d'Enna ; les ondes de soie de son diadème dénoué viennent caresser mon front, lorsqu'elle penche sur mon visage sa tête de seize années et que ses mains s'appuient sur mon sein palpitant de respect et de volupté.

Au sortir de ces rêves, quand je me retrouvais un pauvre petit Breton obscur, sans gloire, sans beauté, sans talents, qui n'attirerait les regards de personne, qui passerait ignoré, qu'aucune femme n'aimerait jamais, le désespoir s'emparait de moi : je n'osais plus lever les yeux sur l'image brillante que j'avais attachée à mes pas. [...]

Ce délire dura deux années entières, pendant lesquelles les facultés de mon âme arrivèrent au plus haut point d'exaltation. Je parlais peu, je ne parlai plus ; j'étudiais encore, je jetai là les livres ; mon goût pour la solitude redoubla. J'avais tous les symptômes d'une passion violente ; mes yeux se creusaient ; je maigrissais ; je ne dormais plus ; j'étais distrait, triste, ardent, farouche. Mes jours s'écoulaient d'une manière sauvage, bizarre, insensée, et pourtant pleine de délices.

Les Mémoires d'outre-tombe, 1849-1850,
première partie, livre III

17.

« Mes joies de l'automne »

Après les portraits psychologiques de René et de Lucile et les pages dédiées dans le Génie, *Chateaubriand dépeint le « vague des passions » qui frappe son époque en se décrivant lui-même. Les paysages automnaux de Combourg et l'amante imaginaire incarnent les deux pôles de cet état d'âme : d'un côté, une conscience accrue du malheur et de la perte et, de l'autre, un enthousiasme délirant vis-à-vis des pouvoirs de l'imagination. La génération romantique se reconnaîtra profondément dans ce portrait.*

Plus la saison était triste, plus elle était en rapport avec moi : le temps des frimas, en rendant les communications moins faciles, isole les habitants des campagnes : on se sent mieux à l'abri des hommes.

Un caractère moral s'attache aux scènes de l'automne : ces feuilles qui tombent comme nos ans, ces fleurs qui se fanent comme nos heures, ces nuages qui fuient comme nos illusions, cette lumière qui s'affaiblit comme notre intelligence, ce soleil qui se refroidit comme nos amours, ces fleuves qui se glacent comme notre vie, ont des rapports secrets avec nos destinées.

Je voyais avec un plaisir indicible le retour de la saison des tempêtes, le passage des cygnes et des ramiers, le rassemblement des corneilles dans la prairie de l'étang, et leur perchée à l'entrée de la nuit sur les plus hauts chênes du grand Mail. Lorsque le soir élevait une vapeur bleuâtre au carrefour des forêts, que les complaintes ou les lais du vent gémissaient dans les mousses flétries, j'entrais en pleine possession des sympathies de ma nature. Rencontrais-je quelque laboureur au bout d'un guéret, je m'arrêtais pour regarder cet homme germé à l'ombre des épis parmi lesquels il devait être moissonné, et qui, retournant la terre de sa tombe avec le soc de la charrue, mêlait ses sueurs brûlantes aux pluies glacées de l'automne : le sillon qu'il creusait était le monument destiné à lui survivre. Que faisait à cela mon élégante démone ? Par sa magie, elle me transportait au bord du Nil, me montrait la pyramide égyptienne noyée dans le sable, comme un jour le sillon armoricain caché sous la bruyère : je m'applaudissais d'avoir placé les fables de ma félicité hors du cercle des réalités humaines.

Le soir, je m'embarquais sur l'étang, conduisant seul mon bateau au milieu des joncs et des larges feuilles flottantes du nénuphar. Là se réunissaient les hirondelles prêtes à quitter nos climats. Je ne perdais pas un seul de leur gazouillis : Tavernier enfant était moins attentif au récit d'un voyageur. Elles se jouaient sur l'eau au tomber du soleil, poursuivaient les insectes, s'élançaient ensemble dans les airs, comme pour éprouver leurs ailes, se rabattaient à la surface du lac, puis se venaient suspendre aux roseaux que leur poids courbait à peine, et qu'elles remplissaient de leur ramage confus. [...]

La nuit descendait ; les roseaux agitaient leurs champs de quenouilles et de glaives, parmi lesquels la caravane emplumée, poules d'eau, sarcelles, martins-pêcheurs, bécassines, se taisait ; le lac battait ses bords ; les grandes voix de l'automne sortaient des marais et des bois : j'échouais mon bateau au rivage et retournais au château. Dix heures sonnaient. À peine retiré dans ma chambre, ouvrant mes fenêtres, fixant mes regards au ciel, je commençais une incantation. Je montais avec ma magicienne sur les nuages : roulé dans ses cheveux et dans ses voiles, j'allais, au gré des tempêtes, agiter la cime des forêts, ébranler le sommet des montagnes, ou tourbillonner sur les mers. Plongeant dans l'espace, descendant du trône de Dieu aux portes de l'abîme, les mondes étaient livrés à la puissance de mes amours. Au milieu du désordre des éléments, je mariais avec ivresse la pensée du danger à celle du plaisir. Les souffles de l'aquilon ne m'apportaient que les soupirs de la volupté ; le murmure de la pluie m'invitait au sommeil sur le sein d'une femme. Les paroles que j'adressais à cette femme auraient rendu des sens à la vieillesse et réchauffé le marbre des tombeaux. Ignorant tout, sachant tout, à la fois vierge et amante, Ève innocente, Ève tombée, l'enchanteresse par qui me venait ma folie était un mélange de mystères et de passions : je la plaçais sur un autel et je l'adorais. L'orgueil d'être aimé d'elle augmentait encore mon amour. Marchait-elle ? Je me prosternais pour être foulé sous ses pieds, ou pour en baiser la trace. Je me troublais à son sourire ; je tremblais au son de sa voix ; je frémissais de désir si je touchais ce qu'elle avait touché. L'air exhalé de sa bouche humide pénétrait dans la moelle de mes os, coulait dans mes veines au lieu de sang. Un seul de ses regards m'eût fait voler au bout de la terre ; quel désert ne m'eût suffi avec elle ! À ses côtés, l'antre des lions se fût changé en palais, et des millions de siècles eussent été trop courts pour épuiser les feux dont je me sentais embrasé.

À cette fureur se joignait une idolâtrie morale : par un autre jeu de mon imagination, cette Phryné qui m'enlaçait dans ses bras était aussi pour moi la gloire et surtout l'honneur ; la vertu lorsqu'elle accomplit ses plus nobles sacrifices, le génie lorsqu'il enfante la pensée la plus rare, donneraient à peine une idée de cette autre sorte de bonheur. Je trouvais à la fois dans ma création merveilleuse toutes les blandices des sens et toutes les jouissances de l'âme. Accablé et comme submergé de ces doubles délices, je ne savais plus quelle était ma véritable existence ; j'étais homme et n'étais pas homme ; je devenais le nuage, le vent, le bruit ; j'étais un pur esprit, un être aérien, chantant la souveraine félicité. Je me dépouillais de ma nature pour me fondre avec la fille de mes désirs, pour me transformer en elle, pour toucher plus intimement la beauté, pour être à la fois la passion reçue et donnée, l'amour et l'objet de l'amour.

Tout à coup, frappé de ma folie, je me précipitais sur ma couche ; je me roulais dans ma douleur ; j'arrosais mon lit de larmes cuisantes que personne ne voyait et qui coulaient, misérables, pour un néant.

Les Mémoires d'outre-tombe, 1849-1850,
première partie, livre III

18.

« Prise de la Bastille »

De la Révolution française qu'il a vécue de loin à vingt ans, Chateaubriand a gardé des impressions, portraits et « choses vues » captant l'effervescence du moment. Le véritable intérêt du témoignage qu'il donne tient à la relecture qu'il fait plusieurs années après de ces bribes de souvenirs. Grâce au recul, il décrypte le profond chaos qui a dominé. Ici, il caricature la prise de la Bastille pour souligner combien l'émancipation splendide d'un peuple s'y est muée en vil transfert de tyrannie.

Le 14 juillet, prise de la Bastille. J'assistai, comme spectateur, à cet assaut contre quelques invalides et un timide gouverneur : si l'on eût tenu les portes fermées, jamais le peuple ne fût entré dans la forteresse. Je vis tirer deux ou trois coups de canon, non par les invalides, mais par des gardes-françaises, déjà montés sur les tours. De Launey, arraché de sa cachette, après avoir subi mille outrages, est assommé sur les marches de l'Hôtel de Ville ; le prévôt des marchands, Flesselles, a la tête cassée d'un coup de pistolet : c'est ce spectacle que des béats sans cœur trouvaient si beau. Au milieu de ces meurtres, on se livrait à des orgies, comme dans les troubles de Rome, sous Othon et Vitellius. On promenait dans des fiacres les vainqueurs de la Bastille, ivrognes heureux, déclarés conquérants au cabaret ; des prostituées et des sans-culottes commençaient à régner, et leur faisaient escorte. Les passants se découvraient, avec le respect de la peur, devant ces héros, dont quelques-uns moururent de fatigue au milieu de leur triomphe. Les clefs de la Bastille se multiplièrent ; on en envoya à tous les niais d'importance dans les quatre parties du monde. Que de fois j'ai manqué ma fortune ! Si, moi, spectateur, je me fusse inscrit sur le registre des vainqueurs, j'aurais une pension aujourd'hui.

Les experts accoururent à l'autopsie de la Bastille. Des cafés provisoires s'établirent sous des tentes ; on s'y pressait, comme à la foire Saint-Germain ou à Longchamp ; de nombreuses voitures défilaient ou s'arrêtaient au pied des tours, dont on précipitait les pierres parmi des tourbillons de poussière. Des femmes élégamment parées, des jeunes gens à la mode, placés sur différents degrés des décombres gothiques, se mêlaient aux ouvriers demi-nus qui démolissaient les murs, aux acclamations de la foule. À ce rendez-vous se rencontraient les orateurs les plus fameux, les gens de lettres les plus connus, les peintres les plus célèbres, les acteurs et les actrices les plus renommés, les danseuses les plus en vogue, les étrangers les plus illustres, les seigneurs de la cour et les ambassadeurs de l'Europe : la vieille France était venue là pour finir, la nouvelle pour commencer.

Tout événement, si misérable ou si odieux qu'il soit en lui-même, lorsque les circonstances en sont sérieuses et qu'il fait époque, ne doit pas être traité avec légèreté : ce qu'il fallait voir dans la prise de la Bastille (et ce que l'on ne vit pas alors), c'était, non l'acte violent de l'émancipation d'un peuple, mais l'émancipation même, résultat de cet acte.

On admira ce qu'il fallait condamner, l'accident, et l'on n'alla pas chercher dans l'avenir les destinées accomplies d'un peuple, le changement des mœurs, des idées, des pouvoirs politiques, une rénovation de l'espèce humaine, dont la prise de la Bastille ouvrait l'ère, comme un sanglant jubilé. La colère brutale faisait des ruines, et sous cette colère était cachée l'intelligence qui jetait parmi ces ruines les fondements du nouvel édifice.

Mais la nation, qui se trompa sur la grandeur du fait matériel, ne se trompa pas sur la grandeur du fait moral : la Bastille était à ses yeux le trophée de sa servitude ; elle lui semblait élevée à l'entrée de Paris, en face des seize piliers de Montfaucon, comme le gibet de ses libertés. En rasant une forteresse d'État, le peuple crut briser le joug militaire, et prit l'engagement tacite de remplacer l'armée qu'il licenciait : on sait quels prodiges enfanta le peuple devenu soldat.

Les Mémoires d'outre-tombe, 1849-1850,
première partie, livre V

19.

« Paris »

En 1800, Chateaubriand débarquait à Calais pour rejoindre Paris après sept ans d'exil. La deuxième partie des Mémoires *s'ouvre sur la description du spectacle disparate qui s'offre à lui lors de ce retour au pays. Une sorte de bilan des années de Révolution se dresse. Entre la ruine des campagnes, les images terribles forgées durant l'exil et la joie des Parisiens déjà oublieux de l'événement, l'écrivain s'aperçoit des écarts immenses qui séparent parfois les êtres et les époques.*

Madame Lindsay nous attendait à l'auberge : le lendemain nous partîmes avec elle pour Paris, madame d'Aguesseau, une jeune personne sa parente, et moi. Sur la route, on n'apercevait presque point d'hommes ; des femmes noircies et hâlées, les pieds nus, la tête découverte ou entourée d'un mouchoir, labouraient les champs : on les eût prises pour des esclaves. J'aurais dû plutôt être frappé de l'indépendance et de la virilité de cette terre où les femmes maniaient le hoyau, tandis que les hommes maniaient le mousquet. On eût dit que le feu avait passé dans les villages ; ils étaient misérables et à moitié démolis : partout de la boue ou de la poussière, du fumier et des décombres.

À droite et à gauche du chemin, se montraient des châteaux abattus ; de leurs futaies rasées, il ne restait que quelques troncs équarris, sur lesquels jouaient des enfants. On voyait des murs d'enclos ébréchés, des églises abandonnées, dont les morts avaient été chassés, des clochers sans cloches, des cimetières sans croix, des saints sans tête et lapidés dans leurs niches. Sur les murailles étaient barbouillées ces inscriptions républicaines déjà vieillies : Liberté, Égalité, Fraternité, ou la Mort. Quelquefois on avait essayé d'effacer le mot Mort, mais les lettres noires ou rouges reparaissaient sous une couche de chaux. Cette nation, qui semblait au moment de se dissoudre, recommençait un monde, comme ces peuples sortant de la nuit de la barbarie et de la destruction du moyen âge.

En approchant de la capitale, entre Écouen et Paris, les ormeaux n'avaient point été abattus ; je fus frappé de ces belles avenues itinéraires, inconnues au sol anglais. La France m'était aussi nouvelle que me l'avaient été autrefois les forêts de l'Amérique. Saint-Denis était découvert, les fenêtres en étaient brisées ; la pluie pénétrait dans ses nefs verdies, et il n'avait plus de tombeaux : j'y ai vu, depuis, les os de Louis XVI, les Cosaques, le cercueil du duc de Berry et le catafalque de Louis XVIII.

Auguste de Lamoignon vint au-devant de madame Lindsay : son élégant équipage contrastait avec les lourdes charrettes, les diligences sales, délabrées, traînées par des haridelles attelées de cordes, que j'avais rencontrées depuis Calais. Madame Lindsay demeurait aux Ternes. On me mit à terre sur le chemin de la Révolte, et je gagnai, à travers champs, la maison de mon hôtesse. Je demeurai vingt-quatre heures chez elle ; j'y rencontrai un grand et gros monsieur Lasalle qui lui servait à arranger des affaires d'émigrés. Elle fit prévenir M. de Fontanes de mon arrivée ; au bout de quarante-huit heures, il me vint chercher au fond d'une petite chambre que madame Lindsay m'avait louée dans une auberge, presque à sa porte.

C'était un dimanche : vers trois heures de l'après-midi, nous entrâmes à pied dans Paris par la barrière de l'Étoile. Nous n'avons pas une idée aujourd'hui de l'impression que les excès de la Révolution avaient faite sur les esprits en Europe, et principalement parmi les hommes absents de la France pendant la Terreur ; il me semblait, à la lettre, que j'allais descendre aux enfers. J'avais été témoin, il est vrai, des commencements de la Révolution ; mais les grands crimes n'étaient pas alors accomplis, et j'étais resté sous le joug des faits subséquents, tels qu'on les racontait au milieu de la société paisible et régulière de l'Angleterre.

M'avançant sous mon faux nom, et persuadé que je compromettais mon ami Fontanes, j'ouïs, à mon grand étonnement, en entrant dans les Champs-Élysées, des sons de violon, de cor, de clarinette et de tambour. J'aperçus des bastringues où dansaient des hommes et des femmes ; plus loin, le palais des Tuileries m'apparut dans l'enfoncement de ses deux grands massifs de marronniers. Quant à la place Louis XV, elle était nue ; elle avait le délabrement, l'air mélancolique et abandonné d'un vieil amphithéâtre ; on y passait vite ; j'étais tout surpris de ne pas entendre des plaintes ; je craignais de mettre le pied dans un sang dont il ne restait aucune trace ; mes yeux ne se pouvaient détacher de l'endroit du ciel où s'était élevé l'instrument de mort ; je croyais voir en chemise, liés auprès de la machine sanglante, mon frère et ma belle-sœur : là était tombée la tête de Louis XVI. Malgré les joies de la rue, les tours des églises étaient muettes ; il me semblait être rentré le jour de l'immense douleur, le jour du vendredi saint.

Les Mémoires d'outre-tombe, 1849-1850,
deuxième partie, livre I

20.

« J'entends crier la mort du duc d'Enghien »

Le 21 mars 1804, Louis-Antoine de Bourbon, duc d'Enghien, symbole de la contre-révolution soupçonné de menées subversives, fut enlevé, jugé sommairement et exécuté sur ordre de Bonaparte. Chateaubriand, alors ambassadeur de l'Empire, s'indigna profondément de cet acte de despotisme qui ravivait le souvenir de la violence jacobine. En historien et avocat de la cause des Bourbons, il reconstitue ici tout en les enjolivant les circonstances du drame et sa propre réaction.

Le surlendemain, 21 mars, je me levai de bonne heure, pour un souvenir qui m'était triste et cher. M. de Montmorin avait fait bâtir un hôtel au coin de la rue Plumet, sur le boulevard neuf des Invalides. Dans le jardin de cet hôtel, vendu pendant la Révolution, madame de Beaumont, presque enfant, avait planté un cyprès, et elle s'était plu quelquefois à me le montrer en passant : c'était à ce cyprès, dont je savais seul l'origine et l'histoire, que j'allais faire mes adieux. Il existe encore, mais il languit et s'élève à peine à la hauteur de la croisée sous laquelle une main qui s'est retirée aimait à le cultiver. Je distingue ce pauvre arbre entre trois ou quatre autres de son espèce ; il semble me connaître et se réjouir quand j'approche ; des souffles mélancoliques inclinent un peu vers moi sa tête jaunie, et il murmure à la fenêtre de la chambre abandonnée : intelligences mystérieuses entre nous, qui cesseront quand l'un ou l'autre sera tombé.

Mon pieux tribut payé, je descendis le boulevard et l'esplanade des Invalides, traversai le pont Louis XVI et le jardin des Tuileries, d'où je sortis près du pavillon Marsan, à la grille qui s'ouvre aujourd'hui sur la rue de Rivoli. Là, entre onze heures et midi, j'entendis un homme et une femme qui criaient une nouvelle officielle ; des passants s'arrêtaient, subitement pétrifiés par ces mots : « Jugement de la commission militaire spéciale convoquée à Vincennes, qui condamne à la peine de mort le nommé Louis-Antoine-Henri de Bourbon, né le 2 août 1772 à Chantilly. »

Ce cri tomba sur moi comme la foudre ; il changea ma vie, de même qu'il changea celle de Napoléon. Je rentrai chez moi ; je dis à madame de Chateaubriand : « Le duc d'Enghien vient d'être fusillé. » Je m'assis devant une table, et je me mis à écrire ma démission. Madame de Chateaubriand ne s'y opposa point et me vit écrire avec un grand courage. Elle ne se dissimulait pas mes dangers : on faisait le procès au général Moreau et à Georges Cadoudal ; le lion avait goûté le sang, ce n'était pas le moment de l'irriter.

M. Clausel de Coussergues arriva sur ces entrefaites ; il avait aussi entendu crier l'arrêt. Il me trouva la plume à la main : ma lettre, dont il me fit supprimer, par pitié pour madame de Chateaubriand, des phrases de colère, partit ; elle était au ministre des relations extérieures. Peu importait la rédaction : mon opinion et mon crime étaient dans le fait de ma démission : Bonaparte ne s'y trompa pas. Madame Bacciochi jeta les hauts cris en apprenant ce qu'elle appelait ma défection ; elle m'envoya chercher et me fit les plus vifs reproches. M. de Fontanes devint presque fou de peur au premier moment : il me réputait fusillé avec toutes les personnes qui m'étaient attachées. Pendant plusieurs jours, mes amis restèrent dans la crainte de me voir enlever par la police ; ils se présentaient chez moi d'heure en heure, et toujours en frémissant, quand ils abordaient la loge du portier. M. Pasquier vint m'embrasser le lendemain de ma démission, disant qu'on était heureux d'avoir un ami tel que moi. Il demeura un temps assez considérable dans une honorable modération, éloigné des places et du pouvoir.

Néanmoins, ce mouvement de sympathie, qui nous emporte à la louange d'une action généreuse, s'arrêta. J'avais accepté, en considération de la religion, une place hors de France, place que m'avait conférée un génie puissant, vainqueur de l'anarchie, un chef sorti du principe populaire, le consul d'une république, et non un roi continuateur d'une monarchie usurpée ; alors, j'étais isolé dans mon sentiment, parce que j'étais conséquent dans ma conduite ; je me retirai quand les conditions auxquelles je pouvais souscrire s'altérèrent ; mais aussitôt que le héros se fut changé en meurtrier, on se précipita dans ses antichambres. Six mois après le 21 mars, on eût pu croire qu'il n'y avait plus qu'une opinion dans la haute société, sauf de méchants quolibets que l'on se permettait à huis clos. Les personnes tombées prétendaient avoir été forcées, et l'on ne forçait, disait-on, que ceux qui avaient un grand nom ou une grande importance, et chacun, pour prouver son importance ou ses quartiers, obtenait d'être forcé à force de sollicitations.

Ceux qui m'avaient le plus applaudi s'éloignèrent ; ma présence leur était un reproche : les gens prudents trouvent de l'imprudence dans ceux qui cèdent à l'honneur. Il y a des temps où l'élévation de l'âme est une véritable infirmité ; personne ne la comprend ; elle passe pour une espèce de borne d'esprit, pour un préjugé, une habitude inintelligente d'éducation, une lubie, un travers qui vous empêche de juger les choses ; imbécillité honorable peut-être, dit-on, mais ilotisme stupide. Quelle capacité peut-on trouver à n'y voir goutte, à rester étranger à la marche du siècle, au mouvement des idées, à la transformation des mœurs, au progrès de la société ? N'est-ce pas une méprise déplorable que d'attacher aux événements une importance qu'ils n'ont pas ? Barricadé dans vos étroits principes, l'esprit aussi court que le jugement, vous êtes comme un homme logé sur le derrière d'une maison, n'ayant vue que sur une petite cour, ne se doutant ni de ce qui se passe dans la rue, ni du bruit qu'on entend au dehors. Voilà où vous réduit un peu d'indépendance, objet de pitié que vous êtes pour la médiocrité : quant aux grands esprits à l'orgueil affectueux et aux yeux sublimes, oculos sublimes, leur dédain miséricordieux vous pardonne, parce qu'ils savent que vous ne pouvez pas entendre. Je me renfonçai donc humblement dans ma carrière littéraire ; pauvre Pindare destiné à chanter dans ma première olympique l'excellence de l'eau, laissant le vin aux heureux.

Les Mémoires d'outre-tombe, 1849-1850,
deuxième partie, livre II

21.

« La bataille de Waterloo »

La troisième partie des Mémoires *se concentre sur la carrière politique de Chateaubriand. Lors des Cent-Jours, on le voit exilé à Gand aux côté de Louis XVIII et de son gouvernement provisoire. Alors plus spectateur qu'acteur du fait de sa réputation d'homme à imagination, il a tiré de cette expérience un véritable morceau de bravoure : le récit de la bataille de Waterloo à laquelle il n'a pris part que de loin et dont les sons seulement lui sont parvenus. Grâce à cette position singulière, il a pu déchiffrer dans le combat les tensions d'une Europe tiraillée entre monarchies défaillantes et despotisme glorieux.*

Nous savions que les troupes de Bonaparte s'approchaient[1] ; nous n'avions pour nous couvrir que nos deux petites compagnies sous les ordres du duc de Berry, prince dont le sang ne pouvait nous servir, car il était déjà demandé ailleurs. Mille chevaux, détachés de l'armée française, nous auraient enlevés en quelques heures. Les fortifications de Gand étaient démolies ; l'enceinte qui reste eût été d'autant plus facilement forcée que la population belge ne nous était pas favorable. La scène dont j'avais été témoin aux Tuileries se renouvela : on préparait secrètement les voitures de Sa Majesté ; les chevaux

1. Bonaparte s'est enfui de l'île d'Elbe et a repris le pouvoir, chassant Louis XVIII et ses ministres en Belgique. Les puissances européennes forment alors une coalition contre laquelle Bonaparte envoie l'armée française. La défaite qu'il connaît à Waterloo met fin aux campagnes napoléoniennes.

étaient commandés. Nous, fidèles ministres, nous aurions pataugé derrière, à la grâce de Dieu. Monsieur partit pour Bruxelles, chargé de surveiller de plus près les mouvements. [...]

Le 18 juin 1815, vers midi, je sortis de Gand par la porte de Bruxelles ; j'allais seul achever ma promenade sur la grande route. J'avais emporté les *Commentaires* de César et je cheminais lentement, plongé dans ma lecture. J'étais déjà à plus d'une lieue de la ville, lorsque je crus ouïr un roulement sourd : je m'arrêtai, regardai le ciel assez chargé de nuées, délibérant en moi-même si je continuerais d'aller en avant, ou si je me rapprocherais de Gand dans la crainte d'un orage. Je prêtai l'oreille ; je n'entendis plus que le cri d'une poule d'eau dans les joncs et le son d'une horloge de village. Je poursuivis ma route ; je n'avais pas fait trente pas que le roulement recommença, tantôt bref, tantôt long et à intervalles inégaux ; quelquefois il n'était sensible que par une trépidation de l'air, laquelle se communiquait à la terre sur ces plaines immenses, tant il était éloigné. Ces détonations moins vastes, moins onduleuses, moins liées ensemble que celles de la foudre, firent naître dans mon esprit l'idée d'un combat. Je me trouvais devant un peuplier planté à l'angle d'un champ de houblon. Je traversai le chemin et je m'appuyai debout contre le tronc de l'arbre, le visage tourné du côté de Bruxelles. Un vent du sud s'étant levé m'apporta plus distinctement le bruit de l'artillerie. Cette grande bataille, encore sans nom, dont j'écoutais les échos au pied d'un peuplier, et dont une horloge de village venait de sonner les funérailles inconnues, était la bataille de Waterloo !

Auditeur silencieux et solitaire du formidable arrêt des destinées, j'aurais été moins ému si je m'étais trouvé dans la mêlée : le péril, le feu, la cohue de la mort ne m'eussent pas laissé le temps de méditer ; mais seul sous un arbre, dans la campagne de Gand, comme le berger des troupeaux qui paissaient autour de moi, le poids des réflexions m'accablait : Quel était ce combat ? Était-il définitif ? Napoléon était-il là en personne ? Le monde, comme la robe du Christ, était-il jeté au sort ? Succès ou revers de l'une ou l'autre armée, quelle serait la conséquence de l'événement pour les peuples, liberté ou esclavage ? Mais quel sang coulait ! chaque bruit parvenu à mon oreille n'était-il pas le dernier soupir d'un Français ? Était-ce un nouveau Crécy, un nouveau Poitiers, un nouvel Azincourt[1], dont allaient jouir les plus implacables ennemis de la France ? S'ils triomphaient, notre gloire n'était-elle pas perdue ? Si Napoléon l'emportait, que devenait notre liberté ? Bien qu'un succès de Napoléon m'ouvrît un exil éternel, la patrie l'emportait dans ce moment dans mon cœur ; mes vœux étaient pour l'oppresseur de la France, s'il devait, en sauvant notre honneur, nous arracher à la domination étrangère.

Wellington[2] triomphait-il ? La légitimité rentrerait donc dans Paris derrière ces uniformes rouges qui venaient de reteindre leur pourpre au sang des Français ! La royauté aurait donc pour carrosses de son sacre les chariots d'ambulance remplis de nos grenadiers mutilés ! Que sera-ce qu'une restauration accomplie sous de tels auspices ?... Ce n'est là qu'une bien petite partie des idées qui me tourmentaient. Chaque coup de canon me donnait une secousse et doublait le battement de mon cœur. À quelques lieues d'une catastrophe immense, je ne la voyais pas, je ne pouvais toucher le vaste monument funèbre croissant de minute en minute à Waterloo, comme du rivage de Boulaq, au bord du Nil, j'étendais vainement mes mains vers les Pyramides.

Aucun voyageur ne paraissait ; quelques femmes dans les champs, sarclant paisiblement des sillons de légumes, n'avaient pas l'air d'entendre le bruit que j'écoutais. Mais

1. Crécy, Poitiers et Azincourt font référence à trois défaites célèbres des Français face à l'armée britannique aux XIVe et XVe siècles.
2. Le duc de Wellington commande l'armée britannique à Waterloo contre Napoléon.

voici venir un courrier : je quitte le pied de mon arbre et je me place au milieu de la chaussée ; j'arrête le courrier et l'interroge. Il appartenait au duc de Berry et venait d'Alost : « Bonaparte est entré hier (17 juin) dans Bruxelles, après un combat sanglant. La bataille a dû recommencer aujourd'hui (18 juin). On croit à la défaite définitive des alliés, et l'ordre de la retraite est donné. » Le courrier continua sa route.

Les Mémoires d'outre-tombe, 1849-1850,
troisième partie, livre V

22.

« Mme Récamier »

Au milieu des pages politiques, Chateaubriand consacre à sa grande amie, la femme de lettres Juliette Récamier, un portrait en forme de mausolée. Le recours massif à la citation de lettres et de journaux modifie le régime d'écriture des Mémoires *et situe l'écrivain dans un cercle littéraire européen. Il s'agit là de revenir sur une amitié profondément marquante ainsi que de faire mémoire d'une femme illustre de l'époque.*

Une lettre, publiée dans le Mercure après ma rentrée en France en 1800, avait frappé madame de Staël[1]. Je n'étais pas encore rayé de la liste des émigrés[2] ; Atala me tira de mon obscurité. Madame Bacciochi (Élisa Bonaparte), à la prière de M. de Fontanes, sollicita et obtint ma radiation dont madame de Staël s'était occupée ; j'allai la remercier. Je ne me souviens plus si ce fut Christian de Lamoignon ou l'auteur de Corinne qui me présenta à madame Récamier son amie ; celle-ci demeurait alors dans sa maison de la rue du Mont-Blanc. Au sortir de mes bois et de l'obscurité de ma vie, j'étais encore tout

1. Germaine de Staël (1766-1817) est une célèbre écrivaine, philosophe et femme de lettres genevoise et française.

2. À partir de 1793, la Convention fait inscrire sur des listes envoyées aux communes les noms des personnes qui quittent le territoire pour fuir ou contrer la Révolution. L'inscription sur ces listes exposait les concernés à des peines extrêmement lourdes.

sauvage ; j'osais à peine lever les yeux sur une femme entourée d'adorateurs.

Environ un mois après, j'étais un matin chez madame de Staël ; elle m'avait reçu à sa toilette ; elle se laissait habiller par mademoiselle Olive, tandis qu'elle causai en roulant dans ses doigts une petite branche verte. Entre tout à coup madame Récamier, vêtue d'une robe blanche ; elle s'assit au milieu d'un sofa de soie bleue. Madame de Staël, restée debout, continua sa conversation fort animée, et parlait avec éloquence ; je répondais à peine, les yeux attachés sur madame Récamier. Je n'avais jamais inventé rien de pareil, et plus que jamais je fus découragé : mon admiration se changea en humeur contre ma personne. Madame Récamier sortit, et je ne la revis plus que douze ans après.

Douze ans ! quelle puissance ennemie coupe et gaspille ainsi nos jours, les prodigue ironiquement à toutes les indifférences appelées attachements, à toutes les misères surnommées félicités ! Puis, par une autre dérision, quand elle en a flétri et dépensé la partie la plus précieuse, elle vous ramène au point de départ de vos courses. Et comment vous y ramène-t-elle ? l'esprit obsédé des idées étrangères, des fantômes importuns, des sentiments trompés ou incomplets d'un monde qui ne vous a laissé rien d'heureux. Ces idées, ces fantômes, ces sentiments s'interposent entre vous et le bonheur que vous pourriez encore goûter. Vous revenez le cœur souffrant de regrets, désolé de ces erreurs de jeunesse si pénibles au souvenir dans la pudeur des années. Voilà comme je revins après avoir été à Rome, en Syrie, après avoir vu passer l'empire, après être devenu l'homme du bruit, après avoir cessé d'être l'homme du silence. Madame Récamier qu'avait-elle fait ? quelle avait été sa vie ?

Je n'ai point connu la plus grande partie de l'existence à la fois éclatante et retirée dont je vais vous entretenir : force m'est donc de recourir à des autorités différentes de la mienne, mais elles seront irrécusables. D'abord madame Récamier m'a raconté des faits dont elle a été témoin et m'a communiqué des lettres précieuses. Elle a écrit, sur ce qu'elle a vu, des notes dont elle m'a permis de consulter le texte, et trop rarement de le citer. Ensuite madame de Staël dans sa correspondance, Benjamin Constant dans ses souvenirs, les uns imprimés, les autres manuscrits, M. Ballanche dans une notice sur notre commune amie, madame la duchesse d'Abrantès dans ses esquisses, madame de Genlis dans les siennes, ont abondamment fourni les matériaux de ma narration : je n'ai fait que nouer les uns aux autres tant de beaux noms, en remplissant les vides par mon récit, quand quelques anneaux de la chaîne des événements étaient sautés ou rompus.

Montaigne dit que les hommes vont béant aux choses futures : j'ai la manie de béer aux choses passées. Tout est plaisir, surtout lorsque l'on tourne les yeux sur les premières années de ceux que l'on chérit ; on allonge une vie aimée ; on étend l'affection que l'on ressent sur des jours que l'on a ignorés et que l'on ressuscite ; on embellit ce qui fut de ce qui est ; on recompose de la jeunesse.

Les Mémoires d'outre-tombe, 1849-1850,
troisième partie, livre XI

23.

« Les Cent-Jours à Paris »

Au sein de cette troisième partie, une grande place est accordée au portrait de Napoléon. La biographie et l'histoire prennent le pas sur le parcours individuel. Toutefois, l'écrivain ne s'efface pas et ses nombreuses incursions montrent ce que la compilation d'archives tait : l'aura épique et terrible du personnage. Tout en s'attirant la gloire de l'homme qui a transfiguré l'Europe, l'auteur fait comparaître ce dernier à son tribunal. On perçoit l'admiration mitigée qu'il voue au tyran héroïque.

Je vous fais voir l'envers des événements que l'histoire ne montre pas ; l'histoire n'étale que l'endroit. Les Mémoires ont l'avantage de présenter l'un et l'autre côté du tissu : sous ce rapport, ils peignent mieux l'humanité complète en exposant, comme les tragédies de Shakespeare, les scènes basses et hautes. Il y a partout une chaumière auprès d'un palais, un homme qui pleure auprès d'un homme qui rit, un chiffonnier qui porte sa hotte auprès d'un roi qui perd son trône : que faisait à l'esclave présent à la bataille d'Arbelles la chute de Darius ?

Gand n'était donc qu'un vestiaire derrière les coulisses du spectacle ouvert à Paris. Des personnages renommés restaient encore en Europe. J'avais en 1800 commencé ma carrière avec Alexandre et Napoléon ; pourquoi n'avais-je pas suivi ces premiers acteurs, mes contemporains, sur le grand théâtre ? Pourquoi seul à Gand ? Parce que le ciel vous jette où il veut. Des petits Cent-Jours à Gand, passons aux grands Cent-Jours à Paris.

Je vous ai dit les raisons qui auraient dû arrêter Bonaparte à l'île d'Elbe, et les raisons primantes ou plutôt la nécessité tirée de sa nature qui le contraignirent de sortir de l'exil. Mais la marche de Cannes à Paris épuisa ce qui lui restait du vieil homme. À Paris le talisman fut brisé.

Le peu d'instants que la légalité avait reparu avait suffi pour rendre impossible le rétablissement de l'arbitraire. Le despotisme muselle les masses, et affranchit les individus dans une certaine limite ; l'anarchie déchaîne les masses, et asservit les indépendances individuelles. De là, le despotisme ressemble à la liberté, quand il succède à l'anarchie ; il reste ce qu'il est véritablement quand il remplace la liberté : libérateur après la Constitution directoriale, Bonaparte était oppresseur après la Charte. Il le sentait si bien qu'il se crut obligé d'aller plus loin que Louis XVIII et de retourner aux sources de la souveraineté nationale. Lui, qui avait foulé le peuple en maître, fut réduit à se refaire tribun du peuple, à courtiser la faveur des faubourgs, à parodier l'enfance révolutionnaire, à bégayer un vieux langage de liberté qui faisait grimacer ses lèvres, et dont chaque syllabe mettait en colère son épée.

Sa destinée, comme puissance, était en effet si bien accomplie, qu'on ne reconnut plus le génie de Napoléon pendant les Cent-Jours. Ce génie était celui du succès et de l'ordre, non celui de la défaite et de la liberté : or, il ne pouvait rien par la victoire qui l'avait trahi, rien pour l'ordre, puisqu'il existait sans lui. Dans son étonnement il disait : « Comme les Bourbons m'ont arrangé la France en quelques mois ! il me faudra des années pour la refaire. » Ce n'était pas l'œuvre de la légitimité que le conquérant voyait, c'était l'œuvre de la Charte ; il avait laissé la France muette et prosternée, il la trouvait debout et parlante : dans la naïveté de son esprit absolu, il prenait la liberté pour le désordre.

Et pourtant Bonaparte est obligé de capituler avec les idées qu'il ne peut vaincre de prime abord. À défaut de popularité réelle, des ouvriers, payés à quarante sous par tête, viennent, à la fin de leur journée, brailler au Carrousel Vive l'Empereur ! cela s'appelait aller à la criée. Des proclamations annoncent d'abord une merveille d'oubli et de pardon ; les individus sont déclarés libres, la nation libre, la presse libre ; on ne veut que la paix, l'indépendance et le bonheur du peuple ; tout le système impérial est changé ; l'âge d'or va renaître. Afin de rendre la pratique conforme à la théorie, on partage la France en sept grandes divisions de police ; les sept lieutenants sont investis des mêmes pouvoirs qu'avaient, sous le Consulat et l'Empire, les directeurs généraux : on sait ce que furent à Lyon, à Bordeaux, à Milan, à Florence, à Lisbonne, à Hambourg, à Amsterdam, ces protecteurs de la liberté individuelle. Au-dessus de ces lieutenants, Bonaparte élève, dans une hiérarchie de plus en plus favorable à la liberté, des commissaires extraordinaires, à la manière des représentants du peuple sous la Convention.

La police que dirige Fouché apprend au monde, par des proclamations solennelles, qu'elle ne va plus servir qu'à répandre la philosophie, qu'elle n'agira plus que d'après des principes de vertu.

Bonaparte rétablit, par un décret, la garde nationale du royaume, dont le nom seul lui donnait jadis des vertiges. Il se voit forcé d'annuler le divorce prononcé sous l'Empire entre le despotisme et la démagogie, et de favoriser leur nouvelle alliance : de cet hymen doit naître, au Champ de Mai, une liberté, le bonnet rouge et le turban sur la tête, le sabre du mameluck à la ceinture et la hache révolutionnaire à la main, liberté entourée des ombres de ces milliers de victimes sacrifiées sur les échafauds ou dans les campagnes brûlantes de l'Espagne et les déserts glacés de la Russie. Avant le succès, les mameluks sont jacobins ;

après le succès, les jacobins deviendront mamelucks : Sparte est pour l'instant du danger, Constantinople pour celui du triomphe.

Les Mémoires d'outre-tombe, 1849-1850,
troisième partie, livre V

24.

« Venise »

La quatrième partie des Mémoires *s'écrit au présent entre 1830 et 1841. Chateaubriand, après la chute de Charles X, vit retiré dans la solitude ou se fait ponctuellement le serviteur inutile de la cause perdue des Bourbons. Plus spontanée, l'écriture est marquée par un effet de boucle rapprochant les misères présentes et passées. Dernière faveur accordée par la vie, l'ambassade à Venise réintroduit, en la déplaçant vers la contemplation esthétique, la touche de sensualité qui marquait le début des* Mémoires.

On peut, à Venise, se croire sur le tillac d'une superbe galère à l'ancre, sur le *Bucenture*, où l'on vous donne une fête, et du bord duquel vous apercevez à l'entour des choses admirables. Mon auberge, l'hôtel de l'Europe, est placée à l'entrée du grand canal, en face de la Douane de mer, de la Giudecca et de Saint-Georges-Majeur. Lorsqu'on remonte le grand canal entre les deux files de ses palais, si marqués de leurs siècles, si variés d'architecture, lorsqu'on se transporte sur la grande et la petite place, que l'on contemple la basilique et ses dômes, le palais des Doges, les procurazie nuove, la Zucca, la tour de l'Horloge, le beffroi de Saint-Marc, la colonne du Lion, tout cela mêlé aux voiles et aux mâts des vaisseaux, au mouvement de la foule et des gondoles, à l'azur du ciel et de la mer, les caprices d'un rêve ou les jeux d'une imagination orientale n'ont rien de plus fantastique. Quelquefois

Cicéri peint et rassemble sur une toile, pour les prestiges du théâtre, des monuments de toutes les formes, de tous les temps, de tous les pays, de tous les climats : c'est encore Venise.

Ces édifices surdorés, embellis avec profusion par Giorgione, Titien, Paul Véronèse, Tintoret, Jean Bellini, Paris Bordone, les deux Palma, sont remplis de bronzes, de marbres, de granits, de porphyres, d'antiques précieuses, de manuscrits rares ; leur magie intérieure égale leur magie extérieure ; et quand, à la clarté suave qui les éclaire, on découvre les noms illustres et les nobles souvenirs attachés à leurs voûtes, on s'écrie avec Philippe de Commines : « C'est la plus triomphante cité que j'aie jamais vue ! »

Et pourtant ce n'est plus la Venise du ministre de Louis XI, la Venise épouse de l'Adriatique et dominatrice des mers ; la Venise qui donnait des empereurs à Constantinople, des rois à Chypre, des princes à la Dalmatie, au Péloponèse, à la Crète ; la Venise qui humiliait les Césars de la Germanie, et recevait à ses foyers inviolables les papes suppliants ; la Venise de qui les monarques tenaient à honneur d'être citoyens, à qui Pétrarque, Pléthon, Bessarion léguaient les débris des lettres grecques et latines sauvées du naufrage de la barbarie ; la Venise qui, république au milieu de l'Europe féodale, servait de bouclier à la chrétienté ; la Venise, planteuse de lions, qui mettait sous ses pieds les remparts de Ptolémaïde, d'Ascalon, de Tyr, et abattait le croissant à Lépante ; la Venise dont les doges étaient des savants et les marchands des chevaliers ; la Venise qui terrassait l'Orient ou lui achetait ses parfums, qui rapportait de la Grèce des turbans conquis ou des chefs-d'œuvre retrouvés ; la Venise qui sortait victorieuse de la ligue ingrate de Cambrai, la Venise qui triomphait par ses fêtes, ses courtisanes et ses arts, comme par ses armes et ses grands hommes ; la Venise à la fois Corinthe, Athènes et Carthage, ornant sa tête de couronnes rostrales et de diadèmes de fleurs.

Ce n'est plus même la cité que je traversai lorsque j'allais visiter les rivages témoins de sa gloire ; mais, grâce à ses brises voluptueuses et à ses flots amènes, elle garde un charme ; c'est surtout aux pays en décadence qu'un beau climat est nécessaire. Il y a assez de civilisation à Venise pour que l'existence y trouve ses délicatesses. La séduction du ciel empêche d'avoir besoin de plus de dignité humaine ; une vertu attractive s'exhale de ces vestiges de grandeur, de ces traces des arts dont on est environné. Les débris d'une ancienne société qui produisit de telles choses, en vous donnant du dégoût pour une société nouvelle, ne vous laissent aucun désir d'avenir. Vous aimez à vous sentir mourir avec tout ce qui meurt autour de vous ; vous n'avez d'autre soin que de parer les restes de votre vie à mesure qu'elle se dépouille. La nature, prompte à ramener de jeunes générations sur des ruines comme à les tapisser de fleurs, conserve aux races les plus affaiblies l'usage des passions et l'enchantement des plaisirs. [...]

Que ne puis-je m'enfermer dans cette ville en harmonie avec ma destinée, dans cette ville des poètes, où Dante, Pétrarque, Byron, passèrent ! Que ne puis-je achever décrire mes Mémoires à la lueur du soleil qui tombe sur ces pages ! L'astre brûle encore dans ce moment mes savanes floridiennes et se couche ici à l'extrémité du grand canal. Je ne le vois plus ; mais, à travers une clairière de cette solitude de palais, ses rayons frappent le globe de la Douane, les antennes des barques, les vergues des navires, et le portail du couvent de Saint-Georges-Majeur. La tour du monastère, changée en colonne de rose, se réfléchit dans les vagues ; la façade blanche de l'église est si fortement éclairée, que je distingue les plus petits détails du ciseau. Les enclôtures des magasins de la Giudecca sont peintes d'une lumière titienne[1] ;

1. L'adjectif *titien* vient de Le Titien (1488-1576), peintre et graveur célèbre de l'école vénitienne.

les gondoles du canal et du port nagent dans la même lumière. Venise est là, assise sur le rivage de la mer, comme une belle femme qui va s'éteindre avec le jour : le vent du soir soulève ses cheveux embaumés ; elle meurt saluée par toutes les grâces et tous les sourires de la nature.

Les Mémoires d'outre-tombe, 1849-1850,
quatrième partie, livre VI

25.

« Résumé des changements arrivés sur le globe pendant ma vie » (fin des *Mémoires*)

La conclusion, point d'orgue des Mémoires, *mêle anticipations et rétrospections, considérations sociales et méditations spirituelles. Elle érige l'œuvre tout entière en édifice à la mémoire de ce qui doit subsister et en monument matérialisant les deuils inévitables.*

Je me suis rencontré entre deux siècles, comme au confluent de deux fleuves ; j'ai plongé dans leurs eaux troublées, m'éloignant à regret du vieux rivage où je suis né, nageant avec espérance vers une rive inconnue.

La géographie entière a changé depuis que, selon l'expression de nos vieilles coutumes, j'ai pu regarder le ciel de mon lit. Si je compare deux globes terrestres, l'un du commencement, l'autre de la fin de ma vie, je ne le reconnais plus. Une cinquième partie de la terre, l'Australie, a été découverte et s'est peuplée : un sixième continent vient d'être aperçu par des voiles françaises dans les glaces du pôle antarctique, et les Parry, les Ross, les Franklin ont tourné, à notre pôle, les côtes qui dessinent la limite de l'Amérique au septentrion ; l'Afrique a ouvert ses mystérieuses solitudes ; enfin il n'y a pas un coin de notre demeure qui soit actuellement ignoré. On attaque toutes les langues de terres qui séparent le monde ; on verra sans doute bientôt des vaisseaux traverser l'isthme de Panama et peut-être l'isthme de Suez.

L'histoire a fait parallèlement au fond du temps des découvertes ; les langues sacrées ont laissé lire leur vocabulaire perdu ; jusque sur les granits de Mezraïm, Champollion a déchiffré ces hiéroglyphes qui semblaient être un sceau mis sur les lèvres du désert, et qui répondait de leur éternelle discrétion. Que si les révolutions nouvelles ont rayé de la carte la Pologne, la Hollande, Gènes et Venise, d'autres républiques occupent une partie des rivages du grand Océan et de l'Atlantique. Dans ces pays, la civilisation perfectionnée pourrait prêter des secours à une nature énergique : les bateaux à vapeur remonteraient ces fleuves destinés à devenir des communications faciles, après avoir été d'invincibles obstacles ; les bords de ces fleuves se couvriraient de villes et de villages, comme nous avons vu de nouveaux États américains sortir des déserts du Kentucky. Dans ces forêts réputées impénétrables fuiraient ces chariots sans chevaux, transportant des poids énormes et des milliers de voyageurs. Sur ces rivières, sur ces chemins, descendraient, avec les arbres pour la construction des vaisseaux, les richesses des mines qui serviraient à les payer ; et l'isthme de Panama romprait sa barrière pour donner passage à ces vaisseaux dans l'une et l'autre mer. [...]

Représentons-nous, selon la science agrandie, notre chétive planète nageant dans un océan à vagues de soleils, dans cette voie lactée, matière brute de lumière, métal en fusion de mondes que façonnera la main du Créateur. La distance de telles étoiles est si prodigieuse que leur éclat ne pourra parvenir à l'œil qui les regarde que quand ces étoiles seront éteintes, le foyer avant le rayon. Que l'homme est petit sur l'atome où il se meut ! Mais qu'il est grand comme intelligence ! Il sait quand le visage des astres se doit charger d'ombre, à quelle heure reviennent les comètes après des milliers d'années, lui qui ne vit qu'un instant ! Insecte microscopique inaperçu dans un pli de la robe du ciel, les globes ne peuvent lui cacher un seul de leurs pas dans la profondeur des espaces. Ces astres, nouveaux pour nous, quelles destinées éclaireront-ils ? La révélation de ces astres est-elle liée à quelque nouvelle phase de l'humanité ? Vous le saurez, races à naître ; je l'ignore et je me retire.

Grâce à l'exorbitance de mes années, mon monument est achevé. Ce m'est un grand soulagement ; je sentais quelqu'un qui me poussait : le patron de la barque sur laquelle ma place est retenue m'avertissait qu'il ne restait qu'un moment pour monter à bord. Si j'avais été le maître de Rome, je dirais, comme Sylla, que je finis mes Mémoires la veille même de ma mort ; mais je ne conclurais pas mon récit par ces mots comme il conclut le sien : « J'ai vu en songe un de mes enfants qui me montrait Métella, sa mère, et m'exhortait à venir jouir du repos dans le sein de la félicité éternelle. » Si j'eusse été Sylla, la gloire ne m'aurait jamais pu donner le repos et la félicité.

Des orages nouveaux se formeront ; on croit pressentir des calamités qui l'emporteront sur les afflictions dont nous avons été accablés ; déjà, pour retourner au champ de bataille, on songe à rebander ses vieilles blessures. Cependant je ne pense pas que des malheurs prochains éclatent : peuples et rois sont également recrus ; des catastrophes imprévues ne fondront pas sur la France : ce qui me suivra ne sera que l'effet de la transformation générale. On touchera sans doute à des stations pénibles ; le monde ne saurait changer de face sans qu'il y ait douleur. Mais, encore un coup, ce ne seront point des révolutions à part ; ce sera la grande révolution allant à son terme. Les scènes de demain ne me regardent plus ; elles appellent d'autres peintres : à vous, messieurs.

En traçant ces derniers mots, le 16 novembre 1841, ma fenêtre, qui donne à l'ouest sur les jardins des Missions étrangères, est ouverte : il est six heures du matin ; j'aperçois la lune pâle et élargie ; elle s'abaisse sur la flèche des Invalides à peine révélée par le premier rayon doré de l'Orient : on dirait que l'ancien monde finit, et que le nouveau commence. Je vois les reflets d'une aurore dont je ne verrai pas se lever le soleil. Il ne me reste qu'à m'asseoir au bord de ma fosse ; après quoi je descendrai hardiment, le crucifix à la main, dans l'éternité.

Les Mémoires d'outre-tombe, 1849-1850,
quatrième partie, livre X

Table des matières

Notes et citations

Notes et citations

Notes et citations

NOTES ET CITATIONS

NOTES ET CITATIONS

Notes et citations

NOTES ET CITATIONS

Achevé d'imprimer en Italie par Grafica Veneta
en septembre 2022
Dépôt légal octobre 2022
EAN 9782290380673
OTP L21ELLN001179-546976

—

Composition : PCA

—

ÉDITIONS J'AI LU
82, rue Saint-Lazare, 75009 Paris
Diffusion France et étranger : Flammarion

Librio
1333